목마 퓨전 판타지 장편소설
WISHBOOKS FUSION FANTASY STORY

목마 퓨전 판타지 장편소설

초판 1쇄 찍은 날 | 2020년 2월 12일
초판 1쇄 펴낸 날 | 2020년 2월 19일

지은이 | 목마
펴낸이 | 예경원

기획 | 위시북스
편집책임 | 이은송
편집 | 위시북스

펴낸곳 | 예원북스
등록번호 | 제396-2012-000132호
등록일자 | 2012. 7. 25
KFN | 제1-512호

주소 | 경기도 고양시 일산동구 호수로 646-24 위너스21Ⅱ빌딩 206A호 (우)10401
전화 | 031-819-9431 팩스 | 031-817-9432
E-mail | yewonbooks@naver.com

ⓒ목마, 2019

ISBN 979-11-365-1454-7 04810
      979-11-6424-342-6 (set)

무공을 배운다 9

목마 퓨전 판타지 장편소설
WISHBOOKS FUSION FANTASY STORY

Wish
Books

# CONTENTS

# 1장
# 모조리 다

"검무희."

마룡왕은 나지막이 그녀의 이름을 불렀다.

바위산 위의 검무희는 대답 없이 마룡왕을 내려 볼 뿐이었다. 그녀의 눈은 잘 벼린 금속 같은 은색이었지만, 초점이 희미했다.

검무희의 눈은 기분 나쁘다. 마주 보고 있으면 그녀가 대체 어디를 보는 것인지, 무엇을 보는 것인지조차 알 수가 없다. 의식이 있는 것인지, 과연 보이기는 하는 것인지.

하나 마룡왕은 저 '눈'이 혼돈계에 있던 모든 신격 중에서 가장 밝다는 것을 잘 알고 있었다.

"죽일 필요가 없었다고 생각하는 것이오?"

"적어도 지금 당장은."

"본녀가 성급했다고 말하는 것이오? 아니면, 본녀가 감정을 추스르지 못했다고 질책하는 것이오?"

마룡왕이 입꼬리를 비틀어 올렸다. 도발 섞인 질문이다.

검무희는 짧은 한숨을 내쉬면서 어깨를 으쓱거렸다. 그러고는 바위산 위에서 내려와 마룡왕의 앞에 섰다.

정면에 선 검무희는 마룡왕보다 키가 조금 컸다. 그래도 알몸에 큼직한 망토만을 두른 마룡왕과는 다르게, 얼룩 한 점 묻지 않은 백의 무복을 입고 있었다.

흰 백발은 위로 묶어 올리지 않았다면 발목까지 닿을 만큼 길어 보였고, 검무희라는 신명을 상징하는 긴 장검이 그녀의 허리에 걸려 있었다.

"내가 그대를 탓하는 것이 아님을 알지 않습니까."

"하면 왜 그런 말을 하는 것이오?"

"당장 저자를 죽이지 않았다면, 그를 통해서 하이로드와 퓨어세인트의 음모를 파악할 수 있었을 겁니다."

"물론 그랬을지도 모르오."

검무희의 대답에, 마룡왕은 크게 반발하지 않고 빙긋 웃으며 고개를 끄덕거렸다.

"하나 검무희. 그를 잊은 것이오? 우리는 과거에 저 둘의 음모에 당해 죽을 뻔하였소. 아니, 실지 우리는 죽었다고 말해도 이상치 않은 꼴이 되었지. 신격이, 신격이 아니게 되었으니 말이오. 안 그렇소?"

마룡왕은 말끝에 웃음을 섞으며 몸을 돌렸다.

그녀의 시선이 향한 곳에는 진 웨이의 시체가 있었다. 머리를 잃은 시체는 용곡에 부는 거센 바람에 싸늘하게 식어 있었다.

"본녀가 저 인간을 죽이지 않고, 하이로드의 언변에 넘어가는 척하면, 그들에게 가담하여 퓨어세인트와 하이로드가 어떤 음모를 꾸리고 있는지 알 수 있었을지도 모르오. 하나 그들이 진심으로 본녀와 우애를 나누었겠소? 그들은 언제고 본녀가 칼끝을 들이밀 것이라 생각하고 준비할 것이고, 본녀에게 모든 것을 알려주지 않을 것이오. 본녀는 그런 피곤한 짓을 하고 싶지 않소. 마음에 들지 않는 이들과 머리를 숙이고 표정을 감춰가며 어울리고 싶지도 않고."

"그대의 뜻이 그러하다면."

검무희는 천천히 고개를 끄덕거렸다. 퓨어세인트와 하이로드가 어떤 일을 꾸리고 있는지는 의문이 많았지만, 그렇다고 그 둘과 거리를 가까이하는 것은 위험 부담이 크다.

"그래도 이건 확실해졌군요. 저 둘은 여전히 공동 전선을 꾸리고 있습니다."

"근원에 대해서 하이로드가 전부 진실만을 이야기했다고 생각할 수는 없지만, 그들이 근원을 제대로 다루지 못한다는 것은 진실일 게요. 그래서 검무희, 그대는 성과를 거두었소?"

마룡왕의 질문에 검무희는 짧은 한숨을 내쉬며 고개를 저었다.

"바깥으로 통하는 길을 몇 개 찾기는 했습니다만, 우리가 천존처럼 그 길을 통과할 수 있을지는 솔직히 장담하지 못하겠습니다."

"흠, 시도해 보기에는 너무 큰 도박인가?"

"예. 일이 잘못되었다가는 존재가 박살 나거나, 차원의 나락에 떨어져 영원한 미아가 되어버릴 겁니다."

"그 머저리가 지났던 길이잖소?"

"그렇게 할 수 있었던 것은, 천존의 능력보다는 천공성의 능력 덕이었겠죠."

마룡왕은 아쉬움에 혀를 찼다.

검무희가 가진 심안의 도움을 받아, 천존이 빠져나갔던 어비스의 구멍을 찾아낸 것까지는 좋았으나, 천존이 구멍을 통해 바깥으로 나갈 수 있었던 것은 현자의 돌인 아프라스가 바깥으로 통하는 경로를 대신 계산해 준 덕분이었다.

"역천자는 찾았소?"

"그의 행적은 알 길이 없었습니다."

"예나 지금이나 속내를 알 수가 없단 말이외다. 헌드레드가 왜 역천자의 수족을 자처했는지 알 수가 없구려."

마룡왕은 그렇게 중얼거리면서 검무희의 곁을 지나쳤다.

검무희는 널브러진 진 웨이의 시체를 잠깐 동안 바라보았다. 그녀가 살며시 손을 들어 올리자, 진 웨이의 시체가 가루가 되어 무너져 내렸다. 이윽고 불어닥친 바람이 그 가루를 먼 곳으로 날려 버렸다.

"무언가 노림수가 있어서겠지요."

"혹시 모르는 일 아니오? 정말로 그 미치광이에게 감화되어 심연의 왕좌와 혼돈을 추종하는 것일 수도 있잖소."

설마 그럴까 싶었지만, 확신할 수는 없었다. 그들과 함께 깨어났던 신격인 헌드레드가 역천자를 따라갔음은 분명한 사실이었으니.

마룡왕과 함께 용곡을 가로지르다가, 문득 떠오른 생각에 검무희가 입을 열었다.

"당신이 용성군의 권속에게 시킨 일이, 아까 죽은 하이로드의 권속을 데리고 오라는 것 아니었습니까?"

"그렇소."

"이제 어찌할 셈입니까? 당신이 데려오라고 한 하이로드의 권속은 죽었잖습니까?"

"시체라도 찾아서 데려와야 할 텐데, 그 시체는 검무희 그대가 가루로 만들어 버리지 않았소?"

마룡왕이 짓궂은 미소를 지었다.

"아 물론, 만약에 그 계집이 시체를 찾아 데려왔다고 해도,

본녀는 '살아 있는' 상태로 데리고 오라고 했었으니 받아주지 않았을 것이오."

"……그건 너무하지 않습니까? 이대로 가면 용성군의 권속은……."

"본녀가 신경 쓸 일이 아니오. 검무희 그대가 신경 쓸 일도 아니고."

마룡왕은 검무희의 말을 일축하며 고개를 저었다. 그런 마룡왕의 태도에, 검무희는 하려던 말을 내뱉지 않고 다시 삼켰다.

마룡왕답지 않다. 하지 않아도 될 말이었다.

오히려 검무희는 자신의 생각이 짧았다고 생각했다. 다른 누구도 아니고, 상대가 바로 용성군의 권속 아닌가? 어비스의 신격들은 마룡왕과 용성군이 배다른 남매라는 것과 둘의 관계는 남매라기보다는 살벌한 악연이라는 것을 잘 알고 있었다.

'……그래도.'

검무희는 마룡왕이 필요 이상으로 잔혹하며 짓궂다고 생각했다.

적어도 그녀가 아는 마룡왕은 저런 불가능한 억지를 써가며 상대를 해하는 위인은 아니었다. 하물며 그 상대는 마룡왕과 비교도 안 될 정도로 약한 인간인데. 단지 용성군의 권속이기 때문일까.

"본녀가 짓궂다고 생각하는 게요?"

앞서 걷던 마룡왕이 대뜸 물어왔다. 마치 검무희가 무슨 생각을 하는지 아는 것처럼.

그 말에 검무희는 그다지 놀란 티를 내지 않고서 대답했다.

"예."

솔직한 대답이었다.

마룡왕은 그 대답을 들으며 낮은 웃음을 터뜨렸다. 건방지다는 생각은 하지 않는다. 마룡왕은 자신이 인정한 상대에게는 놀라울 정도로 자애로웠다.

"하지만 그리하고 싶소."

짓궂은 것을 알면서도.

"본녀는 오라버니의 모든 것을 모조리 다 빼앗고 파괴하고 싶단 말이오."

마룡왕의 두 눈이 가늘어졌다.

"그 인간 계집. 오라버니가 꽤 아끼는 듯하였는데. 본녀는 그게 참 궁금하단 말이오. 오라버니가 그 계집을 진심으로 아끼는 것인지. 그 계집을 위해 과연 어디까지 포기하고 양보할 수 있는지. 오라버니가 추구하는 대의가 그 계집에게도 과연 잔혹할 것인지."

마룡왕의 붉은 눈은 용곡이 아닌 다른 곳을 보았다. 아주 오래전의 풍경을. 불타는 산과, 비늘이 눌어붙은 시체들, 그리고 비명…….

마룡왕은 키득키득 웃었다.

"꺼져."

사라는 질렸다는 표정을 지으며 내뱉었다. 설마 거절할 것
이라는 생각은 전혀 하지 않은 것인지, 샤나크는 제법 당황한
표정이었다.

그는 두 눈을 끔벅거리며 사라를 보다가, 백현을 한번 돌아
보았다.

"왜지?"

"그걸 왜 나한테 물어보냐."

"이해할 수가 없군."

진심으로 하는 말이었다. 샤나크는 탄식처럼 들리는 숨을
내쉬며 다시 사라를 쳐다보았다.

그녀는 막 일어난 탓에 부스스한 머리카락을 손으로 매만지
면서, 이 아침 밥상을 뒤집으면 백현에게 욕을 먹을 것인지 아니
면 얻어맞을 것인지에 대해 제법 진지하게 고민을 하고 있었다.

"네 타고난 자질이 아까워서 하는 제안이다."

"꺼지라니까."

"곁다리라는 자각 때문인가? 걱정 마라, '우리'도 최대한 네

게 맞춰줄 생각이니까. 그리고 조건은 네가 원하는 만큼 양보해 줄 수 있다. 내가 원하는 것은 돈이 아니라 음악적 혁명이니까 말이야."

"저 새끼 아가리 좀 갈겨주면 안 돼?"

퐈드득.

사라의 손에 쥐어진 족발이 으스러졌다. 어제 시켜 먹고 남은 족발이었다.

"싫다는데 왜 자꾸 그러는 거야? 야, 그리고 너. 자꾸 나까지 엮을래? 나도 너랑 밴드인지 뭔지 할 생각 없다니까?"

"너까지 왜 그러는 거냐? 저 여자는 몰라도, 너와 나라면 음악의 역사를 바꿀 수 있다. 아니, 너와 내가 있음으로써 앞으로 음악이 존재할 수 있는……."

백현은 말없이 숟가락을 내려놓았다.

"어디 가?"

"잠깐 알아볼 것들이 있어서."

백현은 널브러진 샤나크를 소파에 대충 던져두고서 대답했다. 어제의 교감이 떠올라 패는 것이 조금 가슴 아프기는 했지만, 그래도 팰 때는 패야만 했다.

하지만 이런다고 해서 저 성격이 과연 교정될지는 의문이었다.

"저 새끼는 어쩌고?"

"아마 오늘도 밖에 쏘다니겠지. 정신 차리면 나가라고 해."

"그냥 데리고 가면 안 돼?"

사라가 영 못마땅하다는 표정을 지으며 말했다. 하지만 악몽의 결정자에게 받은 하블이 생각 이상으로 훌륭한 물건인지라 그럴 수도 없었다. 이만한 물건을 받고서 부탁을 들어주겠다고 한 이상, 백현도 최선을 다할 생각이었다.

"안 되는 건 안 되는 거예요."

[나아질 거야. 그리고, 나도 어제처럼 샤나크가 즐거워하는 모습은 처음 봤어.]

축 처진 샤나크의 옆에 기대어 앉아 있던 봉제 인형이 주먹을 불끈 쥐며 말했다.

'과연 나아지기는 할까.'

백현은 그런 회의감을 느끼면서 주머니에 손을 찔러 넣었다.

"어디를 가는데?"

"일단 협회에."

어제 악몽의 결정자에게 들었던 흑장미여왕에 관한 이야기들. 그것에 관해서 신경 쓰이는 것들이 있었다.

개인적으로 알아보려 했지만, 일반인이 접할 수 있는 정보에는 아무래도 한계가 있게 마련이다. 그렇다면 결국 일반인이 손댈 수 없는 정보에 기댈 수밖에 없다.

"집 잘 보고 있어, 알았지?"

"응. 야, 그리고 어비스에서 소환할 때는 미리 말 좀 해. 지난번에 얼마나 당황했는지 알아?"

사라가 눈을 흘기며 쏘아붙였다.

"치킨 배달시켰는데 한참 동안 오지도 않고, 짜증 나서 나가 보니까 어비스에 와 있는 거야. 알바는 뭔 개고생이야? 아파트 단지 빙빙 돌면서 하늘만 한참 쳐다봤다는데."

"뭐 그럴 수도 있지."

백현은 쩝 입맛을 다시며 대답했다. 백현과 연결되어 있는 천공성은, 백현이 어비스로 들어간다면 함께 이동해 버린다.

그럴 경우 제2 사용자로 등록된 사라는 천공성과 함께 어비스로 이동되지만, 만약에 사용자로 등록되지 않은 다른 인물이 천공성 안에 있을 때. 그 경우에는 그 사람만 바깥으로 튕겨 나가 버린다.

"어쩌면 어비스에 들어갈지도 모르니까, 괜히 누구 부르지 말고. 쟤도 안 나간다 그러면 알아서 쫓아내. 알았지?"

"뭐 하러 쫓아내? 그냥 내버려 둬도 어련히 튕겨 나갈 텐데."

"놀랄지도 모르잖아."

"차라리 그랬으면 좋겠다, 다시는 안 오게."

아무래도 사라는 샤나크가 별로 마음에 들지 않은 모양이었다.

사실 백현은 그 정도는 아니었다.

아까 샤나크를 흠씬 두들겨 팬 뒤에, 괜스레 미안하고 또 내심 바라기도 하여 나중에 또 같이 노래 부르자는 말도 해주었다.

그 말에 샤나크는 피범벅이 된 얼굴로 빙긋 웃고서 기절했다.

'그것만 보면 참, 나쁜 놈은 아닌데.'

아니, 이 상황에서 나쁜 건 오히려 내가 아닌가? 병 주고 약 주는 것도 아니고.

백현은 진지하게 그런 생각을 하면서 천공성의 밖으로 나왔다. 아직 바람이 차갑지만, 슬슬 봄이 온다는 느낌이 들었다.

1월이다. 서민식이 돌아오기까지는 3개월이나 남아 있었다.

"잘 지내나 모르겠네."

백현은 작은 목소리로 중얼거리며 하늘로 날아올랐다.

그러고는 핸드폰 내비게이션을 켜고서 한국 어비스 관리국을 입력했다.

'그냥 가도 되겠지.'

오늘은 우선 협회에 들러 흑장미여왕과 계약한 헌터들의 목록을 찾아보고. 그 뒤에는 어비스에 들어가, 무령을 만날 생각이었다.

"……대체 그걸 어디에 쓰려는 겁니까?"

"나쁜 짓에 쓰려는 건 아니니까 걱정하지 마셔요."

"이건 기밀 자료입니다. 아무리 저라고 해도……."

"관리국장님 그렇게 원칙만 따지는 사람 아니잖아요."

딸칵, 딸칵.

마우스 휠을 내려가면서 하는 말에 전태수의 말문이 막혔다.

그는 비리를 저지르거나 뇌물을 받는 등 시커멓고 구린 사람은 아니었지만, 그렇다고 무조건 원칙만 따지는 사람도 아니기는 했다. 만약 그런 사람이었더라면 사라에게 새 신분을 만들어주지도 않았을 것이다.

"제가 뭐 이거로 나쁜 짓을 하겠어요? 제가 작정하고 나쁜 짓 하려면 이렇게 헌터들 신상 알아보는 것 말고 얼마나 다채롭고 스펙타클하게 할 수 있는데. 안 그래요?"

너스레를 떨며 하는 말에 전태수는 자신도 모르게 백현이 말한 '나쁜 짓'이 어떤 것들인지 상상했고, 몸서리를 쳤다. 적어도 그 스케일이 세계적일 것임은 틀림없을 것이다.

백현은 전태수에게 자세한 내막에 대해서 말해줄 생각은 없었다. 그는 하이로드와 계약한 헌터다. 이 대화 역시 하이로드의 귀에 들어가고 있을지는 의문이나, 굳이 알릴 필요 없는 것들까지 말할 필요는 없을 것이다.

백현은 마우스를 움직여 정리되어 있는 목록들을 빠르게 확인했다. 그가 찾는 것은 흑장미여왕과 계약한 헌터들이었다.

백현은 화면을 쭉 내리고서 꺼버렸다. 거의 읽지도 않은 것 같았지만, 그 짧은 순간에 그와 연동되어 있는 아프라스는 백현이 본 것들을 정확하게 저장했다.

"다 됐어요. 그래서, 제가 뭘 해주면 될까요?"

백현은 의자를 빙글 돌리고서 전태수를 쳐다보았다.

그 갑작스러운 질문에 전태수가 두 눈을 끔벅거리며 백현을 쳐다보았다.

그 표정에 백현은 헛웃음을 흘리며 손사래를 쳤다.

"왜 이러세요. 제 억지를 이렇게 쉽게 들어주신 것을 보면, 제가 해줬으면 하는 일이 있어서 그런 거잖아요. 안 그래요?"

"……크흠."

들켰다.

전태수는 슬쩍 시선을 돌리며 헛기침을 했고, 백현은 그럴 줄 알았다는 듯이 웃었다.

아무리 전태수가 어비스 관리국장이라고 해도, 한국이라는 작은 나라의 관리국장일 뿐이다. 등록된 헌터들 전체를 관리하는 데이터 서버에 접속하기 위해서는 다른 관리국장들의 동의가 필요했다.

"……관리국이 고스트들로 꽤 골머리를 썩이고 있는 건 알고 계시지요?"

"알긴 하죠. 자세히는 모르지만요."

고스트. 관리국에 등록되지 않은 헌터들. 당연한 말이지만,

고스트는 대부분이 악질 범죄자다.

"고스트는 그 태생부터 골칫덩어리일 수밖에 없습니다. 관리를 거부하고 헌터로서의 힘을 마음대로 휘두르고 싶어 하는 놈들이, 관리국의 통제를 거부하고 어비스로 도망친 것이 고스트의 시작이니까요. 덕분에 작금의 고스트는 약탈, 살인부터 해서, 용병과 인신매매, 마약 거래 등. 갱이나 마피아가 할 법한 일들은 전부 다 해대고 있지요."

생각만 해도 피곤하다는 듯, 전태수는 눈썹을 찡그렸다.

"예전부터 고스트는 헌터 사회의 문젯거리였고, 관리국은 전담 부서와 퀘스트 헌터들을 운용하면서 고스트에 대응해 왔습니다. 그건 꾸준한 성과를 거두었다고 생각합니다. 당장 수아나, 백현 씨가 만난 샤나크. 그 둘은 현상금 헌터로 고스트 토벌에 굉장히 많은 기여를 했었어요."

"그래서, 저도 그렇게 해달라고요?"

"아뇨. 그건 백현 씨에게는 너무 쉽고 귀찮은 일 아닙니까?"

"그건 그렇죠."

고스트라고 해봐야 사도도 뭣도 아닌 일반 헌터일 뿐이다. 그들이 잔혹한 범죄자라고 해도, 사도와 군주들과 다투던 백현에게 있어서는 쉬워도 너무 쉬운 상대였다.

"최근 저희 쪽 전담 헌터들이 주목하고 있는 고스트 길드가 있습니다. 몇 주일 전부터 왕성한 활동을 보였는데, 저희 쪽에서 파악해 둔 고스트 길드들을 습격하고 흡수하는 등 공격적인 활동을 하고 있어요."

"걔들을 처리해 달라?"

"예. 문제는, 고스트라는 놈들이 워낙에 꼬리를 잡기 힘들다는 겁니다. 우선 저희 쪽에서 조금 더 알아본 뒤에, 확실히 타깃이 잡히면 알려 드리도록 하겠습니다. 기왕이면 우두머리와 간부진들을 일망타진하는 것이 좋지 않겠습니까?"

크게 귀찮은 일도 아니고, 못 해줄 것도 없는 일이다. 다만, 솔직히 말해서 마음이 동하지는 않았다. 백현은 고스트에게 정말 아무 기대도 품고 있지 않았기 때문이다. 차라리 천존 같은 상대라면 얼마나 강할까 하는 기대라도 품겠는데, 고스트는 사도도 아닌 인간 아닌가.

"그리고…… 이건 개인적인 부탁입니다만."

전태수가 슬며시 운을 뗐다.

"수아가 워낙 연락이 없어서 걱정인데, 한번 알아봐 주실 수 있겠습니까?"

"사도 시련을 받기 위해 간 것 아니었어요?"

"그렇기는 하지만, 아무래도 부모 마음이라는 것이……. 아, 제가 수아의 부모는 아닙니다만. 한국 어비스 관리국장의 입장으로서도 걱정이 되는 것은 어쩔 수가 없군요."

오히려 고스트에 대한 부탁보다는 이쪽이 마음이 동했다.

연락이 없는 정수아가 걱정인 것은 백현도 마찬가지였기 때문이다.

"수아가 마지막으로 연락이 되었던 곳은 동쪽 거주 구역인 '자한'입니다. 괜찮으시다면 한번 알아봐 주시겠습니까?"

"알았어요."

관리국을 나오면서, 아프라스를 통해 저장한 헌터들의 목록을 확인했다. 흑장미여왕과 계약한 헌터들의 목록은 2년 전을 마지막으로 전혀 갱신되지 않고 있었다.

'2년 전에 무슨 일이 생겼나?'

악몽의 결정자는 흑장미여왕의 신변에 무슨 일이 생겼었음을 말해주었지만, 그것이 무슨 일인지는 자세히 이야기해 주지 않았다. 그렇게 빙 둘러서 이야기를 전해온 것이 백현을 기만하기 위한 행동이 아님은 확실해 보였다.

'이야기를 전하는 것뿐이라면 헌터를 보내면 되었을 거야. 그렇지 않았다는 건…… 그럴 수가 없어서. ……왜?'

가장 먼저 떠오른 것은, 전대의 무령과 같은 '타락'이었다. 만약 흑장미여왕이 전대 무령처럼 혼돈에 노출되었었고, 천천히 타락의 과정을 거쳐서 끝내 타락해 버렸다면?

하지만 흑장미여왕과 계약한 헌터들의 폭주는 확인되지 않았고, 그녀는 백현과 사라에게도 튜토리얼의 마지막에 메시지를 전하지 않았던가?

'아니.'

저것이 흑장미여왕이 타락하지 않은 것에 대한 증거는 되지 않는다.

백현은 아프라스의 기록을 봄으로써, 가면 괴인의 정체가 역천자라는 것을 알게 되었다. 그런 주제에 역천자는 꾸준히 인간들과 계약하며 헌터를 만들고 있었고, 백현과 사라에게도 튜토리얼이 끝난 후 메시지를 보내왔다. 즉, 타락이 무조건 신격의 상실로 이어지는 것은 아니란 것이다.

어쩌면 흑장미여왕도 역천자와 같은 존재가 되었을지도 모르는 일이다. 아직은 추론일 뿐이지만, 그것을 확인한 것만 해도 큰 성과였다.

"사라한테 어비스로 들어간다고 전해줘."

[네, 알겠습니다.]

그래도 아직 알아봐야 할 것이 더 남아 있었다.

철혈궁.

몇 달 만에 들어오는 무령의 성역은, 마지막에 왔을 때와는 사뭇 다른 분위기의 장소로 변해 있었다. 이곳은 여전히 황량한 사막이었고, 그 한가운데에는 거대한 성채가 세워져 있었

지만. 그곳에 살아가는 흉측한 괴인들은 백현을 보고 고래고
래 괴성을 내지르지는 않았다. 오히려 그들은 사막을 가로질
러 온 백현을 보고서 철혈궁의 성문을 열어 정중히 맞이하고,
납작 엎드려 부복까지 했다.

"왜들 이래? 민망하게."

"철혈궁의 은인을 뵙습니다."

"은인을 뵙습니다!"

괴인들이 커다란 목소리로 외쳤고, 백현은 떨떠름한 표정을
지었다.

사실 저들의 입장에서 백현이 은인인 것은 사실이었다. 백현
이 전대 무령을 쓰러뜨리지 않았다면, 저들은 무령과 함께 타
락하여 자아를 잃은 괴물이 되었을 것이다.

"갑작스레 찾아오는군."

궁으로 이어지는 높은 계단의 정상에는 당대의 무령이 뒷짐
을 지고 서 있었다.

계단을 훌쩍 뛰어오른 백현은 무령의 얼굴을 보면서 히죽
웃었다.

연리운. 지난번에 보았을 때는 막 신격이 되어 어딘가 안 맞
는 옷을 입은 느낌이었는데, 이제는 꽤 신격다운 느낌이 났다.

"안 들여 보내줄 줄 알았는데."

"찾아온 것이 뻔한 손님을 문전 박대할 수는 없는 노릇이지."

무령은 그렇게 말하면서 빙글 몸을 돌렸다.

백현은 성안으로 들어가는 무령을 따라가다가 힐긋 뒤를 돌아보았다. 저 아래에는 아직도 괴인들이 부복하고 있었다.

"저거, 네가 시킨 것은 아니지?"

"자기들이 원해서 하는 일이다. 내가 저런 것을 왜 시키겠나."

"좀 하지 말라고 해. 은인은 무슨."

"네가 철혈궁의 은인인 것은 사실이잖나. 나 역시 너를 은인이라고 생각하고 있다."

"은인은 무슨."

백현은 작은 목소리로 중얼거렸다.

그런 식으로 신격을 얻고 싶지도 않았고, 철혈궁을 감당하고 싶지도 않았기에 연리운에게 양보했을 뿐이다. 결과적으로 연리운은 친아버지를 제 손으로 죽이는 패륜을 저질러야만 했고, 백현은 내심 그에 대해 옅은 죄책감을 지니고 있었다.

"많이 바뀌었네."

"어둠이 걷혔을 뿐. 그때와 변한 것은 거의 없어."

들어온 성안은 넓고 웅장했는데, 그 중앙에는 주변 풍경과 어울리지 않는 소탈한 왕좌가 놓여 있었다.

백현은 피식 웃으며 왕좌를 손으로 가리켰다.

"그때 그대로네. 난 영락없이 내 눈치 때문에 저렇게 만든 건 줄 알았는데."

"누구에게 자랑할 것도 아닌데 화려할 필요가 있나?"

무령은 그렇게 되물으며 왕좌에 가서 앉았다. 그러자 왕좌의 맞은편에 백현을 위한 새로운 의자가 나타났다.

"그래서, 갑작스레 찾아온 이유가 뭔가?"

백현이 자리에 앉는 것을 보면서 무령이 질문했다.

"설마 세상 돌아가는 이야기나 하자고 온 것은 아닐 테고. 내 얼굴이나 보러 온 것인가?"

"겸사겸사. 그때 이후로 한 번도 오질 않았으니까. 나도 바빴고, 너도 바빴을 것 아냐?"

무령은 빙긋 웃었다.

"신격체에 적응하는 것이 힘들었지. 지금도 완전히 적응하지는 않았다. 급하게 필요한 것들만 우선해서 적응한 정도지."

"그 정도야?"

그 말이 꽤 신기하게 들렸다.

백현은 무령, 연리운을 무인으로서 인정하고 있었다. 신격이 되기 전의 연리운은 백현보다 반수 정도 앞섰고, 철혈궁에서 싸웠을 적에도 마음의 미혹에 시달리지 않았더라면 그렇게 허망하게 패하지 않았을 것이다.

"권속을 관리하는 것은 무공을 익히는 것과는 전혀 다르다. 바깥의 인간들. 그들을 살피면서 레벨을 올리고, 권능을 내려주고…… 아마 네가 무령이 되었다면 진즉에 때려치웠을 거다."

"그러니까 안 했지."

"신격을 되찾으러 온 것은 아닌 모양이군."

슬쩍 떠본 모양이다.

백현은 질색이라는 표정을 지으며 고개를 저었다.

"줘도 안 가진다고 했잖아. 여기 온 건 너한테 몇 가지 물어보고 싶은 게 있어서 그래."

"뭔가?"

백현은 철혈궁을 떠나기 전에 대해서 물어보았다.

'목소리'를 처음 들었을 때가 바로 그때였다. 무령을 죽이고, 역천자를 떠나보내고, 철혈궁을 나설 때. 짧은 부유감의 도중에……

……가 당신을 지켜봅니다.

"……무슨 일이 있었냐고? 아니, 아무 일도 없었지."

잠시 기억을 더듬던 무령이 고개를 저었다.

"다른 무언가가 개입하는 낌새도 없었고. 나는 그 순간에 아무것도 감지하지 못했다."

"흠."

혹시나 싶어서 찾아와 물어본 것이지만, 무령은 아무것도 모르는 모양이었다.

'내 안에 있는 것.'

투신은 묘한 것이라고 했고, 악몽의 결정자는 혼돈이라고 했다.

'심연의 왕좌……'

자아 없는 혼돈. 어비스의 주인.

심연의 왕좌가 태어났기에 어비스가 만들어졌고, 그가 혼돈으로 회귀해 버린 탓에 어비스는 주인을 잃었다. 그가 남긴 혼돈의 근원을 노리고 20명이나 되는 신격들이 어비스에 밀어닥쳐 날뛴 덕에 세상이 지금 이 꼴이 되어버린 것이다.

내 안에 있는 것이 심연의 왕좌일까? 언제부터? 태어났을 때부터 있었을 리는 없다. 그렇다면 어비스에 처음 들어왔을 때? 아니, 그것도 아니다.

그렇다면 목소리를 처음 들었을 때.

'내가 무령을 죽인 것을 보고. 나에게 관심을 가진 건가?'

만약 그런 것이라면, 심연의 왕좌가 바라는 건 대체 뭔가? 아니, 그조차 속단이다. 아직 백현의 안에 있는 것이 심연의 왕좌인지도 확인되지 않았으니.

"괴인은 역천자야."

백현은 다리를 꼬며 말했다. 그는 별 무게 없이 한 말이었지만, 무령은 그렇게 듣지 않았다.

그 말을 들은 순간, 무령은 자리에서 벌떡 일어나서 두 눈을 부릅떴다. 그의 경악에 철혈궁 전체가 뒤흔들렸다.

백현은 공간의 파동을 느끼면서 눈을 깜박거렸다.

"······깜짝이야."

잠시 동안 서서 천장을 노려보던 무령이, 다시 자리에 앉았다.

"역시 그랬군."

"역시는 뭘 역시야, 엄청 놀란 것처럼 해놓고서."

백현은 놀리듯 이죽거렸지만, 무령은 표정 하나 바뀌지 않았다.

"그의 정체가 역천자임을 알았는데, 앞으로 어쩔 셈인가?"

"어쩌기는 뭘 어째?"

"내버려 두겠다는 말인가?"

"내가 뭐 정의의 사도도 아니고, 나서서 사고 치지도 않는 놈을 나서서 패야 돼?"

백현은 귀를 후벼 파면서 중얼거렸다. 그 말에 눈을 끔벅거리던 무령이 되물었다.

"그런데 왜 나한테 굳이 알려주러 온 건가?"

"너는 알아야 할 것 같아서. 왜? 알려주지 말 걸 그랬나?"

질문에 다시 질문으로 답해주었다.

조금 멍해진 눈으로 백현을 쳐다보던 무령이 살짝 고개를 숙였다.

"······고맙다."

전대 무령의 죽음은 백현과 연리운의 손으로 이뤄낸 것이지만, 그의 타락을 제공한 것은 역천자였다. 구질구질한 자기 합리화일지라도, 아들인 연리운으로서는 역천자를 내버려 두고 싶지 않았다.

"고마워할 것 없어, 나도 몇 가지 더 물어보려고 온 거니까."

"뭘?"

"흑장미여왕."

그녀에 대해서는 재생의 뱀에게, 그리고 아프라스에게도 들어두었지만. 정보는 많을수록 좋았다.

특히 백현이 무령에게 이걸 묻는 것은 확실한 이유가 있었다. 아프라스의 정보에 의하면, 전대의 무령은 흑장미여왕과 두 번이나 충돌했었다.

"……끔찍한 이름이군."

무령의 얼굴이 창백하게 질렸다.

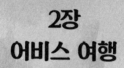

# 2장
# 어비스 여행

10년 전의 어비스는 틀림없는 신격의 전장이었다.

특히 신격들이 들어온 초기에는, 다들 인과율의 후폭풍은 경계하지도 않고 서로 죽일 듯이 싸워댔다.

그중에서도 몇몇 신격들은 이상하리만치 많은 싸움을 벌였다. 마룡왕, 템페스트, 혈사자, 재생의 뱀이 그런 군주였다.

반대로 몇몇 신격들은 이상하리만치 싸움을 벌이지 않으며 다른 목적에 충실했다. 아이언메이드, 퓨어세인트, 흑장미여왕이 그런 군주였다.

하지만 예외적으로. 싸움을 거의 벌이지 않았던 흑장미여왕은, 무령을 두 번이나 공격했었다.

전대의 무령은 신격으로서 그리 강력하진 않았고, 그 덕에

10년 전의 어비스는 무령에게 있어서 굉장히 가혹한 전장이었다.

그럼에도 무령이 살아남을 수 있었던 것은, 그가 신격다운 자존심을 내세우기보다는 적극적으로 성역을 활용하며 도주하는 식의 싸움을 한 것과 인과율의 폭풍을 경계한 신격들이 필요 이상으로 과격한 싸움은 자중한 덕분이었다.

위기가 없었던 것은 아니다. 당연히 위기는 많았다. 소멸의 위기는 몇 번이고 있었다. 흑장미여왕이 가한 두 번의 공격, 그 전부가 무령을 소멸시킬 뻔했던 위기였다.

덕분에 흑장미여왕이라는 이름은 당대의 무령인 연리운에게 있어 가히 트라우마라 해도 부족하지 않았다.

당시의 연리운은 철혈궁의 호법신장으로서 전장의 최전선에서 싸웠고, 흑장미여왕과도 맞서본 기억이 있었다.

"갑자기 그 군주는 왜……?"

"좀 궁금해서."

"말해주기 어려운 것은 아니지만, 떠올리는 것이 고역이군."

무령은 파리해진 얼굴을 더듬으며 중얼거렸다.

"……죽은 내 아버지. 전대의 무령은 그리 강한 신격이 아니었다. 덕분에 10년 전의 어비스에서도 노리는 적이 많았지. 평가야 상대적일 수밖에 없지만, 내가 겪은 적 중에서 가장 끔찍했던 것은 둘이다."

마룡왕과 흑장미여왕.

그 둘을 언급하는 말에, 백현은 눈을 끔벅거렸다. 마룡왕이 강력하다는 것이야 워낙 많이 들어서 놀랄 일이 아니었지만, 무령의 말은 꼭 흑장미여왕이 마룡왕과 동급이라는 것처럼 들렸기 때문이다.

"그건 아니다. 신격으로서의 강함은 마룡왕이 독보적이었지. 흑장미여왕도 강력하긴 했지만, 마룡왕과 비교하면 몇 수 처졌던 것은 사실이다."

"그럼 왜 끔찍했다는 거야?"

"처절함."

무령이 작은 목소리로 중얼거렸다. 앞서 말한 것처럼, 떠올리는 것조차 고역이라는 듯이.

"흑장미여왕은 철혈궁을…… 아니, 전대의 무령인 아버지를 죽이는 것에 집착했다. 분명 신격으로서 우위에 있는 것은 흑장미여왕이었는데, 나는 그녀에게서 처절함을 느꼈다. 특히 그 눈. 원독에 가득 찬 눈은 처절함을 품고 있었지."

아프라스의 기록에 따르면, 흑장미여왕은 다른 군주와의 싸움을 그리 즐기지 않았다고 했다. 예외적으로 그녀가 먼저 습격한 것이 무령. 그것도 두 번이나.

"뭐 잘못이라도 한 것 아냐?"

"잘못…… 이라. 이유는 어렴풋이 알고 있다. 하지만 그걸 잘못이라고 해야 할까."

무령은 씁쓸한 표정을 지으며 말했다.

"너도 알다시피, 내 아버지는 본래 신격을 취할 그릇이 아니었다. 그런데도 신격을 얻을 수 있던 것은, 내 아버지가 무도(武道)가 아닌 사술을 통해 마(魔)에 천마신교의 수십만 교도들을 제물로 바친 덕이지."

"그게 흑장미여왕과 상관이 있는 거야?"

"흑장미여왕은 마왕이다. 진짜 마왕인 그녀가 보기에는, 마에 제물을 바쳐 신격을 얻은 아버지가 얼마나 우스워 보이겠나? 사실 이것도 확실하지는 않다. 흑장미여왕에게 이유를 묻진 않았으니."

선계의 명공에게서 흑장미여왕에 대해 들은 적이 있다. 본래 대마계에서 손에 꼽힐 정도로 강력한 정복 군주였던 그녀는, 마신에 도전하여 패배한 뒤 가진 영토와 대부분의 권속을 잃고서 어비스로 떠났다고.

무령에게 신격을 부여한 '마(魔)'라는 존재는 마신인가? 그렇다면 흑장미여왕이 무령을 두 번이나 습격한 이유가 마신에 대한 복수심 때문인가?

"그래도 죽지는 않았잖아."

"……퓨어세인트 덕분이다. 두 번 모두 그녀가 전투에 개입하여 흑장미여왕을 막아주었고, 우리는 그사이에 후퇴할 수 있었다."

무령은 그렇게 말하면서 손을 들어 올렸다. 공간이 크게 출렁거리고 그의 기억이 공간에 투영되었다.

10년 전에 그가 겪었던 전장이 재현되었다.

아비규환. 보이는 시체들은 모두가 철혈궁의 괴인들이었다. 그들 모두 바닥에 쓰러져 있지는 않았다. 죄다 몸이 시커먼 가시에 관통되어, 높은 하늘에 대롱대롱 매달려 있겠다.

익숙한 얼굴들도 보였다.

백현이 싸워보았던 철혈궁의 사신장들. 금강신장 유기, 금위신장 제종, 마라신장 유마. 그 셋은 사지가 가시에 관통되어 하늘에 떠서 피를 게워내고 있었다.

연리운은 아직 싸우고 있었다. 그를 상대하고 있는 것은 시커먼 갑옷을 입은 거구의 사내였다.

연리운은 악을 쓰며 천마신공을 난사했지만, 갑옷의 사내는 조금도 물러서지 않았다. 오히려 그가 휘두르는 거대한 헬버드가 천마신공의 강기를 찢어발기고 연리운을 위협했다.

"흑장미여왕의 권속은 당시 어비스의 신격 중에서 제일 수가 적었다."

무령이 우울한 목소리로 말했다.

"하나, 흑장미여왕의 권속 중에서 내가 압도할 수 있는 상대는 하나도 없었다. 자화자찬처럼 들릴지도 모르겠지만, 나는 군주의 권속 중에서도 제일이란 평을 듣던 몸이다."

사내와 연리운 사이의 그림자 속에서 거대한 주둥이가 튀어나왔다.

연리운은 다급히 뒤로 물러섰지만 쩍 벌어진 아가리가 끝내 연리운의 몸을 물어뜯었다.

완전히 튀어나온 놈은 거대한 늑대였다.

"흑장미여왕의 권속은 셋이다. 기사, 번견, 하녀."

콰득.

*끄어어억.*

처참한 비명 소리가 들렸다. 그쪽을 바라보니 전대의 무령이 공중에서 버둥거리는 모습이 보였다. 그는 가슴을 관통한 가시에서 벗어나기 위해 안간힘을 써댔다.

퍽, 퍽!

아무것도 없는 허공에서 튀어나온 가시들이 무령의 몸을 다양한 각도에서 관통했다.

그것을 올려보는 것은 새카만 털옷을 걸친 여자였다. 마왕이라 하기에 뿔을 상상했지만, 의외로 뿔은 없었다. 대신에 가시넝쿨 같은 것이 팔다리를 휘감고 있었다.

훅.

보이던 것들이 사라지고, 풍경이 원래대로 돌아왔다.

"악몽 같은 기억이다. 사실 철혈궁은 저 때 몰살당할 뻔했지. 저번 이후 두 번째 습격에서는 아예 맞서는 것을 포기하고 도망쳤고. 본래 오만무도했던 아버지는…… 흑장미여왕을 겪은 후로 분수란 것을 알게 되었다."

무령은 씁쓸한 웃음을 지었다.

"그래서 어비스에서 살아남을 수 있었던 것이다. 이길 수 없으면 도망치는 것이 상책임을 확실하게 알았으니 말이야."

"공격당한 것은 두 번이라고 했지? 그 이후로 공격당한 적은 없나?"

"없다. 다만……."

무령은 잠시 무언가를 생각하는 듯하다가, 말을 이었다.

"언젠가, 내가 아버지에게 물었던 적이 있다. 흑장미여왕이 또 습격해 오면 위험하지 않겠느냐고. 그러자 아버지는 걱정하지 않는다는 투로 대답했었지. 흑장미여왕이 더 이상 철혈궁을 공격할 일은 없다고 말이야."

"뭐야 그게? 너 모르는 사이에 화해라도 했다는 건가?"

"아니. 흑장미여왕과 개인적으로 회담을 나눈 것은 아니었다. 다만, 아버님은 퓨어세인트에게 빚을 졌다는 식으로 말하였고…… 얼마 지나지 않아 퓨어세인트를 비롯한 다른 군주들과 어울렸다."

'뭔지 알겠다.'

백현은 퓨어세인트와 하이로드가 마룡왕을 포함한 군주들과 회동을 가졌다는 것은 알고 있었다.

마룡왕, 검무희, 천존, 월드이터, 헌드레드, 유계의 방랑자, 키마이라, 무령. 그 여덟 군주는 하이로드, 퓨어세인트와 손을 잡고서 연합을 결성했었다.

하지만 그들이 이렇다 할 행동을 취하기도 전에. 회동을 가졌던 장소에서 하필 혼돈이 폭주해 버렸다.

무령은 운이 좋게도 거기서 도주하는 것에 성공했지만, 혼돈의 침식에 온전히 벗어나진 못했다.

'회동 이전에 무령과 퓨어세인트 사이에 뭔가가 있었던 거야.'

정황을 보건데, 퓨어세인트는 무령이 타락해 가고 있음을 알고 있었던 것이다.

그렇다면. 퓨어세인트가 백현에게 무령에 관한 정보를 주고, 무령과 싸우게끔 유도한 것 또한 그녀가 바라는 무언가를 위한 노림수라는 것이다.

'대체 뭘 하려는 거야?'

백현이 대면했던 퓨어세인트는 아름다운 꽃밭 한가운데에서 순수한 미소를 지으며 차를 마시던 성녀의 모습이었다. 그건 퓨어세인트의 진짜 모습이 아니었다.

퓨어세인트가 그런 모습을 취하고 있는 이유는 지극히 단순했다.

'고결하고 신성해 보여서.'

그녀는 자신을 믿는 신자들에게 우상으로 여겨지기 위해

그런 모습을 취하고 있을 뿐이라고, 백현에게 직접 말해주었다.

그렇다면 퓨어세인트의 진짜 모습은 대체 무얼까.

백현은 자신이 상상할 수 있는 가장 끔찍한 것을 떠올렸다. 하지만, 그가 여태까지 들으면서 정립한 '퓨어세인트'라는 신격에게는, 그런 모습조차 부족하단 생각이 들었다.

"그런데 넌 사도 안 만드냐?"

"그다지 마음에 드는 녀석이 없어서."

무령은 그렇게 중얼거리면서 손깍지를 꼈다.

"나는 이미 혼돈의 근원 같은 것은 포기했다. 지금 와서 욕심내어 사도를 만들어봤자, 먼저 만들어진 사도들과 경쟁이 되지 않아. 그렇다면 차라리, 근원 탐색은 포기하고 투자할 만한 권속을 추리는 편이 낫지. 그리고……."

무령의 표정에서 웃음기가 사라졌다. 대신 그의 눈에 알 수 없는 신기(神氣)가 어렸다. 그건 심안과는 전혀 다른 성질의 힘이었다.

"네게 하고 싶은 말이 있다."

"갑자기 뭐야?"

"나는 무령이라는 신명처럼 무(武)의 신은 아니다만, 그래도 긴 시간을 무를 수련했다."

그의 말이 진지하다는 것을 깨닫고서, 백현도 슬쩍 자세를 바꿔 앉았다.

"전대 무령인 아버지는 마와 계약하여 자신과 철혈궁 전원에 무의 금제를 가했다. 그건 당연한 저주였다. 아버지는 자신이 무의 총애를 받았음을 믿어 의심치 않았으나, 끝내 무를 통해 신이 되지 못하였지. 인신 공양으로 얻은 신격의 대가는 결코 완성될 수 없는 불완전한 신격. 그리고 영원한 무도(武道)의 방황이었다."

"그래서?"

"나라고 해서 처음부터 그러한 처지를 받아들였던 것은 아니다. 나는…… 완전한 금제라는 것은 존재하지 않는다고 생각했다. 영원한 무도의 방황? 나 자신이 정진한다면 길을 찾아 나아갈 수 있으리라 믿었지. 하나 무리였다. 인간이 초월하기 위해서는 스스로 필멸의 굴레를 벗어야 하고, 더 상위 격을 갖추기 위해서는 탈각을 이뤄야만 한다. 하지만 나는 이미 신격의 권속이 되어 그 어느 것도 불가능했다."

무령의 손이 백현을 가리켰다.

"너는 나와 경우가 다르다. 오히려 더 지독할지도 모르지. 내 신안(神眼)은 네가 얼마나 대단한 경지에 도달하였는지를 볼 수 있다. 너는 이미…… 진즉에 필멸의 굴레를 벗어 초월자가 됐어야 해. 어쩌면 탈각까지도."

"……그게 무슨 말이냐?"

"넌 너무 강하다."

무령의 손이 천천히 아래로 내려왔다.

"그런데도 아직까지 넌 인간으로 남아 있다. 이미 네 무(武)는 인간의 수준을 아득히 초월해 있음에도 말이다."

"아직 자격을 갖추지 못했기 때문이겠지."

"자격? 그게 말이 된다고 생각하나? 나 역시 천존을 죽였을 때의 네가 얼마나 강했는지를 보았다. 그때 너는 이미 어지간 한 초월자와 정면에서 대적할 정도였다."

"내가 되고 싶은 건 고작 초월자 수준이 아니야."

백현은 그렇게 말하면서 몸을 일으켰다. 무령은 여전히 자리에 앉아서 백현을 올려보았다.

"신격이 되고 싶다는 거냐."

"……그것도 조금 부족하지 않을까 싶은데."

백현은 피식 웃으며 대답했다. 그 오만무도한 말에 무령은 자신도 모르게 웃음을 터뜨렸다.

"이쯤 되면 농담으로도 안 들리는군."

"당연하지. 농담으로 하는 말이 아니니까."

백현은 언제나 진심이었다. 적어도 무도에 관해서는.

철혈궁을 나오면서, 백현은 마지막으로 흑장미여왕에 대해 생각해 보았다. 무령이 보여주었던 흑장미여왕의 모습. 명공에 게 들었던 이야기들. 아프라스의 기록. 관리국의 헌터 기록.

'타락은 아니야.'

아직 속단은 이르지만, 백현은 그렇게 결론을 내렸다.

만약 그녀가 역천자처럼 타락했다면, 튜토리얼에 다른 군주들처럼 개입할 수는 있겠지. 그리고 역천자처럼 영지를 떠나 어비스를 활보하는 것도 가능할 것이다. 그렇다면 굳이 악몽의 결정자를 통해서 백현에게 메시지를 전할 수고를 들일 필요가 없다.

마룡왕처럼 타락했다는 것은 신격의 상실. 하나 그 경우에도 어비스를 활보할 수는 있다. 대신에 튜토리얼에 개입할 수는 없었을 것이다.

'퓨어세인트……'

연관이 있다고 생각할 수밖에 없었다.

흑장미여왕이 무령을 습격했을 때 두 번이나 막아선 것도 그렇고. 둘 사이에 어떠한 인연이 있나?

그렇다고 퓨어세인트를 찾아가 확인하는 것은 위험성이 너무 크다. 드레이브를 걷어찼던 일 때문보다는, 백현이 퓨어세인트의 어두운 면을 너무 많이 알게 되었다.

'뭐, 천천히 가보면 되겠지.'

너무 서두르지는 말고.

백현은 고개를 돌려, 어비스의 중심인 판데모니엄 쪽을 보았다.

"오랜만에 어비스 여행을 하게 생겼네."

마침 방향이 겹친다. 악몽의 결정자에게 들은 흑장미여왕의 영지도. 전태수에게 들었던, 정수아가 마지막으로 연락이 되었던 거주 지역도.

그리고 백현은 알지 못했지만. 마룡왕의 용곡도 그쪽 방향에 있었다.

임산부처럼 불룩 튀어나왔던 배. 재생의 뱀은 시간이 지나면 줄어들 것이라고 했지만, 오히려 정반대였다.

시간이 지날수록 정수아의 배는 임산부의 수준을 넘어서, 더, 더, 크게 부풀어 올랐다. 배뿐만이 아니었다. 손가락, 발가락, 팔다리…… 목과 얼굴까지!

이만큼이나 먹었다면 억울하지도 않을 텐데, 정수아가 먹은 것은 아무것도 없었다. 뱀이 득실거리는 구덩이 깊은 곳에 빠져서, 몇 날 며칠 뱀에게 잔뜩 물린 것이 전부였다.

처음 구덩이에 들어가고 나온 후, 정수아는 몇 번이나 다른 구덩이에 들어갔다. 처음과 달라진 것은 마비의 과정이 생략되었다는 것뿐이었다.

굳이 할 필요가 없었다. 마비되지 않은 몸이라도 뱀들의 독니가 파고들 때는 거의 아픔이 느껴지지 않았다. 그냥, 살짝 따끔거리는 정도. 다만, 독이 주입될 때의 거북스러운 느낌은 익숙해지지 않았다.

그리고 이제는 뱀의 시선과 의외로 매끈한 비늘이 몸을 스치는 감촉도 익숙해졌다. 또 언제부터인가. 뱀이 귀엽다는 생각이 들었다.

그쯤 되었을 때는 더 이상 구덩이에 들어가지도 않게 되었다. 대신, 재생의 뱀은 온몸이 퉁퉁 부어 제대로 걷지도 못하고 뒤뚱거리는 정수아를 커다란 욕조 같은 곳에 눕혀놓았다.

정수아는 거기서 또 한참을 누워서 지냈다. 그때도 뱀들이 함께였다.

실처럼 얇은 뱀들. 사실 정수아가 보기엔, 그 뱀들은 뱀이라기보다는 거머리에 가까워 보였다.

재생의 뱀은 그 뱀들을 역혈사(易血蛇)라고 불렀다. 역혈사들은 정수아의 몸을 물어뜯어 피를 빨고, 주입하는 것을 반복했다. 그럴 때마다 역혈사의 비늘 사이사이에서 검은 독혈이 방울져 흘러나왔고, 커다란 욕조는 그 독혈로 가득 찼다.

정수아는 오랫동안 욕조의 독혈에 잠겨 있었다. 비대하게 부은 몸은 조금씩 줄어들었다.

그럴 때마다 정수아는 자신의 몸 안에서 일어나는 변화를 확실하게 인식할 수 있었다. 쉿쉿거리며 혀를 날름거리는 뱀들이 무슨 말을 하는 것인지. 어느 순간부터 그들의 말도 알아들을 수 있게 되었다.

뱀들은 정수아를 '아가씨'라고 불렀다. 뱀들에게 그렇게 불린다는 것이 내심 우습고 신기했다.

[아가씨.]

몸의 부기가 다 빠졌을 즈음.

[사굴에 손님이 왔나 봐요.]

욕조의 뱀들이 준동했다.

정수아는 멍한 눈으로 천장을 보고 있었다. 반쯤 졸고 있는 것이다.

정수아가 대답하지 않자, 수십 마리의 역혈사들이 입을 벌려 팔다리를 깨물었다.

"앗."

정수아는 화들짝 놀라며 눈을 깜박거렸다.

그녀는 거의 잠겨 있던 머리를 일으켰다. 독혈에서 빠져나온 머리카락이 찐득하니 처지며 살에 달라붙었다.

"왜 그래?"

[사굴에 손님이 왔나 봐요.]

[뱀 신님이 손님이 왔다고 기뻐하고 계세요.]

역혈사들이 혀를 쉿쉿거리며 속삭였다.

정수아는 입을 헤 벌리고서 역혈사들을 바라보았다.

'손님? 이 사굴에?'

그녀는 뒤늦게 놀람을 느끼고서 고개를 돌렸다. 이 방에 있는 것은 욕조뿐이었다.

"······누가 온 건지 알아?"

[모르겠어요.]

[올 만한 손님이 없는걸요. 최근 사굴에 찾아온 손님은 아가씨뿐이었어요.]

역혈사들이 재잘거리며 떠들었다.

정수아는 안절부절못하며 엉덩이를 들었다가 놓았다. 마음같아서는 방을 나가고 싶었지만, 재생의 뱀에게 혼이 날 것이 두려웠다.

[하지 마세요.]

역혈사들이 재빨리 움직였다. 수십 마리의 뱀들이 정수아의 팔다리를 휘감았다.

"난 언제까지 여기 있어야 하는 거야?"

"내가 되었다고 할 때까지."

방문이 열렸다.

정수아는 흠칫 놀라 문 쪽을 바라보았다.

고아한 벨벳 드레스를 입은 재생의 뱀이 삐딱하니 몸을 기울이고 서서 정수아를 바라보고 있었다.

정수아는 그 싸늘한 시선을 보며 어깨를 움츠렸다.

"이, 이 정도면 다 되지 않았을까요······."

"몸이 홀쭉해졌다고 끝인 줄 아는 게냐."

재생의 뱀이 한심하단 투로 혀를 찼다.

"내가 몇 번이나 말하지 않았느냐. 주는 것만을 받는 것은 누구나 할 수 있다고. 진정 제대로 된 사도가 되기 위해서는, 가진 것을 제대로 사용할 줄 알아야 한다고 말이다."

"하지만……."

"자신 있느냐?"

재생의 뱀이 다시 물었다.

"나는 네게 사굴의 모든 독을 주입하였다. 그리고 너는 그 독의 정수를 모조리 몸에 받아냈지. 그게 얼마나 가치 있는 일인지도 모르고, 제 몸이 퉁퉁 부어올랐다며 훌쩍거리기만 했으면서 말이야."

"그건…… 너무 당황해서…… 요……."

"네 팔다리에 달라붙은 역혈사 한 마리에 얼마나 큰 가치가 있는 줄 아느냐? 독술사라면 제 혼을 팔아서라도 한번 물리기를 소망하는 것이 역혈사다. 내게 신물과 역혈사 한 마리를 교환하자고 권한 신격이 몇인 줄 알기나 하느냐?"

목소리에 힐난이 섞일수록 정수아의 어깨는 축 처졌다.

재생의 뱀이 한심하다는 듯 쏘아붙였다.

"아무리 사도가 어여쁘다지만, 이렇게까지 수고를 들이는 신격은 어비스에서 나뿐일 게다. 그야 당연하지! 추구하는 바가 다르니 말이다. 그런데 너는 그게 무어냐?"

"열심히 하고 있어요……."

"아니, 아니야. 너는 전혀 열심히 하고 있지 않아. 네 몸은 사굴의 모든 독의 정수를 품고 있다. 그게 끝이지. 그 독을 모아 독단을 만들기는 하였느냐?"

"네……."

"만들지도 않았으면서 열심히는…… 응? 만들었다고?"

쏘아붙이던 말이 뚝 멈추었다.

재생의 뱀은 조금 놀랐다는 표정을 지으며 정수아를 쳐다보았지만, 그녀는 감히 재생의 뱀을 마주 보지 못하고 고개를 푹 숙이고 있었다.

재생의 뱀은 미끄러지듯 다가가 정수아의 손목을 낚아챘다.

"호오."

그리고 작은 탄성을 흘렸다.

과연, 정수아의 단전에는 독단이 생성되어 있었다. 그 크기는 굉장히 작아서, 자랑스레 말할 정도는 되지 않았다.

하지만 이만해도 어디인가? 독을 주입한 지 몇 달도 안 되었는데 이만한 크기의 독단을 만들어냈다는 것은 대단한 일이다.

재생의 뱀은 제법이라 생각하며 정수아를 쳐다보았다.

'권속을 잘 고르기는 하였군.'

재생의 뱀의 입꼬리가 실룩이며 올라갔다. 성에 찰 정도는 아니지만 기대도 하지 않은 성과였다.

"이건 잘했구나. 하지만 여전히 부족해."

"잠깐 바깥에 다녀오면 안 될까요? 시간이 얼마나 지났는지도 모르겠는데, 연락이라도 한번……."

"바깥 시간으로 두 달 정도 지났지. 지금이 아마 2월일 게다."

"벌써요?"

"그리고 연락이라? 굳이 네가 나가서 할 필요는 없을 것 같구나. 널 찾아서 손님이 왔으니 말이야."

재생의 뱀은 그렇게 말하면서 정수아의 손목을 놓았다.

'손님!'

정수아의 눈이 번쩍 뜨였다.

"제, 제 손님인가 보죠?"

"네 손님이 내 손님이지."

"절 찾아온 손님이잖아요?"

"널 찾아온 손님이라지만 내 성역을 방문하였으니 내 손님이고, 네 몸과 영혼이 나의 것이니 네 것이 곧 나의 것 아니겠느냐?"

차분한 반박에 정수아는 뭐라 대답하지 못하고 입술을 뻐끔거렸다.

재생의 뱀은 피식 비웃음을 흘리며 정수아의 어깨를 토닥였다.

사실 토닥거리는 것은 손짓뿐이었다. 정수아의 몸이 견뎌낼 수 없는 힘에 짓눌려 욕조에 주저앉았다.

"독단의 크기를 키우는 것에 집중하도록 해라. 또, 네 몸에 심어진 독의 정수를 어찌 조합할지도. 그걸 어떻게 사용할지를 고민하도록 하거라."

재생의 뱀은 그렇게 말하면서 빙글 몸을 돌렸다.

"난 손님을 맞이하러 나가보도록 하마."

중앙 도시인 판데모니엄에서 동쪽 거주 구역 자한까지는 거리가 굉장히 멀었다.

오랜만에 온 어비스고, 마침 기회다 싶어서 동쪽 거주 구역을 들러 가며 텔레포트 좌표를 새로이 갱신했다.

산토리니에서의 일로 워낙 유명해진 탓에 거주 구역에 들를 때마다 소동이 나 고역이었다.

특히, 동쪽 지역은 비교적 몬스터의 수준이 약한지라 헌터들과 마주칠 일이 많았기에 더욱 그랬다.

천공성을 타고 이동한다면 귀찮은 일도 줄어들었을 테고, 편하고 빨랐겠지만. 천공성이라고 해서 만능은 아니었다.

예전처럼 성역이었다면 문제가 없겠지만, 지금의 천공성은 어비스 내에서 고속 비행을 사용할 수가 없었다. 어비스라는 공간에 가득 찬 혼돈이 천공성의 이동을 방해하는 탓이었다.

"같이 배낭 여행한다고 생각하면 좋잖아."

"배낭 여행 좋지. 단둘이 가면 얼마나 좋았겠어?"

사라가 입술을 삐죽 내밀었다.

혼자 집 지키는 것도 싫어서, 백현을 따라 어비스에 들어왔는데. 문제는 샤나크도 따라다니고 있다는 것이다. 그것도 벌써 한 달 동안.

네크로맨서인 주제에 큼직한 기타 케이스를 등 뒤에 메고서 따라다니며, 틈만 나며 못 들어줄 노래를 흥얼거리고 노트를 꺼내 가사를 적는다. 그러다가 사라와 백현에게 같이 음악을 하자며 진지하게 권하기도 했다.

"자기가 따라오겠다는데 오지 말라 하기는 좀 그렇잖아."

"좀 그렇기는 뭐가 좀 그래? 너 솔직히 말해. 쟤랑 노래방에서 노래 부르는 게 재밌어서 그렇지? 응?"

옆구리를 팔꿈치로 쿡쿡 찌르며 쏘아붙이는 말에 말문이 막혔다.

아니라고 대답하자니 양심이 찔렸고, 그렇다고 인정하자니 인간의 존엄성 비슷한 것을 포기하는 것 같았다. 게다가 이유가 꼭 그것만 있는 것도 아니고.

결국, 백현은 대답하지 않고 입을 다물었다.

"미친 새끼. 끼리끼리 논다더니!"

"아니, 그게 아니라⋯⋯."

"아니기는 뭐가 아니야?"

자한에서 더 동쪽으로. 긴 시간을 이동하다 보면 악몽의 결정자에게서 들었던 흑장미여왕의 영지를 만나게 된다.

백현은 아직까지 '왜' 흑장미여왕이 자신을 만나고 싶어 하는 것인지를 알 수가 없었다. 그녀의 신변에 어떤 문제가 발생했고, 그것에 아마 퓨어세인트가 연관되었던 것 같기는 한데. 그조차도 심증뿐이다.

무령을 통해 알게 된 흑장미여왕은 생각 이상으로 강력한 군주였고, 무엇을 추구하고 있는 것인지도 알 수 없었다.

그래서 샤나크를 데리고 가는 것이다. 그는 악몽의 결정자의 사도였고, 악몽의 결정자와도 이 일에 대해서 이미 거래라는 명목의 약속을 나누었다.

"자한은 이미 지나쳤는데."

가사 노트를 펼쳐 적은 가사들을 읽던 샤나크가 중얼거렸다.

"정확한 위치는 모른다고 했고. 무턱대고 돌아다니기에는 어비스가 너무 넓지 않나?"

"뭐 정 못 찾으면 어쩔 수 없는 거지."

샤나크의 말대로다. 무턱대고 헤매기에는 어비스가 너무 넓다.

백현은 심안을 뜨고서 주변을 살폈다.

어비스 안에서 심안을 뜬 것은 처음이다. 혼돈의 흐름은 너무 변칙적이었고, 포악했다.

하지만 점점 익숙해졌다. 오히려 바깥보다 나은 점도 있었다. 혼돈의 흐름 속에서 명확한 존재의 움직임은 되려 잘 보였고, 그를 통해 만들어지는 흐름은 관측하기가 쉬웠다.

'검무희의 눈.'

악몽의 결정자는 백현의 심안을 보고서 검무희와 닮았다고 했다. 만약 그녀의 눈이 백현보다 고차원적인 심안이라면 왜 재생의 뱀이나 아프라스가 검무희의 검기를 인정하듯 말했는 지도 납득할 수 있었다.

백현의 심안 수준으로도 어비스의 안에서는 상당한 이점을 갖는데, 그보다 뛰어난 심안이라면. 정말 상대의 움직임을 모 조리 간파해 낼 수 있을 것이다.

"……다 보이는 건 아니군."

혼돈의 흐름조차 보는 심안이지만, 성역의 위치마저 볼 수 있는 것은 아닌 모양이었다. 그리고 피로가 빠르다.

백현은 관자놀이를 꾹 눌렀다. 머리가 지끈거리고 속이 매 스껍다. 굳이 보지 않아도 될 것을 보았다는 감각이 거슬리게 느껴졌다. 어비스는 혼돈으로 가득 찬 세상이었고, 심안을 뜨 지 않는다면 혼돈은 보이지 않는다.

백현은 천천히 손을 들었다. 천의무봉의 구결을 떠올린다.

우자에게 전수받은 천의무봉. 가장 먼저 심안을 뜨는 것. 그 것이 되어야 천의무봉에 입문할 수 있다. 심안을 떠서 흐름을 보고, 흐름에 간섭한다.

자그마한 호기심이었다. 천의무봉은 이론적으론 심안으로

본 모든 흐름에 간섭할 수 있다. 거기서부터는 역량의 문제다. 간섭한 흐름에 휘둘릴지, 끊어낼지, 흐름의 방향을 바꿀지.

백현의 손이 검은빛으로 물들었다. 그는 심안으로 혼돈의 흐름을 보았고, 자신의 천의무봉을 통해 그 흐름에 간섭할 수 있을까 시험해 보고 싶었다.

손을 밀어본다. 손끝에서 저항감이 느껴졌다.

"뭐 해?"

사라가 묻는 소리가 멀게 들렸다. 백현은 대답 없이 천의무봉에 집중했다. 어느새 온몸이 땀으로 흠뻑 젖었다.

[……가 당신을 흥미롭다는 듯이 쳐다봅니다.]

선계를 마지막으로 좀처럼 목소리를 내지 않았던 존재도 백현을 쳐다보았다.

찌릿.

밀고 들어간 손이 저항감을 뚫어냈다. 등골에 오싹하고 한기가 밀려왔다. 한기뿐만이 아니었다. 무언가가 손끝 기혈을 통해 몸 안으로 흘러들어 온다.

우두둑!

어마어마한 고통과 함께 손끝의 감각이 사라졌다.

백현은 입술을 씹었다.

그는 급히 손을 뻗어 손목에 채워진 아라크네를 벗겨냈다. 기껏 받아서 잘 쓰고 있는 아티펙트를 잃어버리고 싶지는 않았으니까.

그리고 더, 손을 밀어 넣어보았다.

그 너머에서 누군가가 백현의 손을 마주 잡았다.

[……]

[우자?]

'뭐?'

마주 잡은 손을 통해 목소리가 전해져 왔다.

망치로 머리를 한 대 얻어맞은 것 같은 기분이었다. 뭐라고 대답하기도 전이었다.

[……가 시선을 거둡니다.]

빈 허공에 쑥 들어가 있던 백현의 팔이 꽈배기처럼 휘리릭 말렸다.

여기까지다. 이대로 가다가는 돌이킬 수 없다. 우자가 말했듯, 너무 거대한 흐름에 간섭하려 했다가는 오히려 이쪽이 삼켜져 버린다.

파앙!

백현의 손이 공간의 틈에서 튕겨 나왔다.

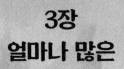

**3장
얼마나 많은**

“야!”

사라가 깜짝 놀라 비명을 지르며 백현에게 달려왔다. 머릿속에서도 아프라스가 상처를 치료한다는 소리가 웅웅거리며 들려왔다. 하지만 아프라스의 치료보다, 파라넥트의 거짓 불멸성이 잘린 손을 재생하는 것이 훨씬 더 빨랐다.

“너, 무, 무슨 짓을 한 거야? 갑자기 왜……!”

당황한 기색을 숨기지 못한 사라가 허겁지겁 백현의 어깨를 붙잡았다. 걱정이 뚝뚝 묻어나오는 눈길이 백현을 살폈다.

지저분하게 뜯겨 나간 손은 이미 재생되었다. 하지만 백현은 사라의 눈을 보지 않았고, 그녀의 목소리도 제대로 듣지 않았다.

잘못 느낀 것이 아니었다. 혼돈의 흐름에 간섭했다. 그 순간
에 백현의 손은 이 공간이 아닌 전혀 다른 공간으로 들어갔다.

'거기가 어디였지?'

지금 천공성을 감추고 있는 공간의 틈과는 다른. 그보다 훨
씬 더 깊은 곳. 백현의 손이 파고들어 간 곳이 바로 그곳이었
다. 거기서…… 무언가와 닿았다.

닿은 정도가 아니었다. 저쪽에서 백현의 손을 잡아 왔다. 그
리고, 그 순간에 들었던 목소리. 그 역시 잘못 듣거나 착각이
아니었다.


우자?


목소리는 틀림없이 그렇게 물어왔다.

짧은 목소리였지만 그 안에는 다양한 감정이 실려 있었다.
믿을 수 없다는 경악. 당황. 그리고…… 알 수 없는 두려움.

백현은 천천히 시선을 내려 자신의 손을 내려 보았다.

왜 여기서 우자의 이름이 나온단 말인가. 선계가 아닌 어비
스. 하물며 이곳은 우자가 살았던 전란의 세계도 아닌데.

'아니, 나는……'

백현의 눈썹이 씰룩거렸다. 어느 정도 답은 알고 있다. 백현
은 바보가 아니었으니까. 다만 속단하고 싶지 않았다. 추측도

하고 싶지 않았다.

그는 우자가 아니었고, 이곳에 우자도 없었고, 우자의 제자
도 아니었다.

하지만 백현은 우자를 안다.

우자의 친구라고는 할 수 없을 것이다. 서로가 친구라 할 만
큼의 인연을 쌓지는 않았으니. 친구가 되고 싶다 말은 하였지
만, 거절을 듣기도 했었다.

그래도 언젠가, 정식으로 등선해 선계에 갔을 때. 아직 우자
가 죽지 않고 선계에 남아 있다면. 그때는 친구가 될 수 있을
거라고. 우자가 직접 말했었다.

'자격?'

백현은 헛웃음을 흘리며 주먹을 쥐었다. 누가 자격을 논할
수 있단 말인가.

백현의 두 눈이 싸늘하게 식었다.

걱정스러운 손길로 백현을 어루만지던 사라가 흠칫 놀라서
뒤로 물러섰다. 순간적으로 느낀 살기에 그녀의 전신에 오싹
소름이 돋았다.

'난 우자가 아니지만.'

우자를 안다. 그의 과거를 안다. 그에게서 천의무봉을 배웠다.

"너……"

사라는 가늘게 떨리는 목소리를 내면서 꿀꺽 침을 삼켰다.

그녀는 백현의 저런 표정을 처음 보았다.

'화가…… 난 건가?'

그조차도 잘 알 수가 없었다. 단지, 쳐다보는 것도 무서웠다.

샤나크는 그런 것을 신경 쓰지 않았다. 그는 평소와 다를 것 없는 얼굴을 하고서 백현에게 다가왔다.

그는 꽉 쥐어져 혈관이 꿈틀거리는 백현의 주먹을 한 번 힐긋 쳐다보았고, 그제야 부르르 몸을 떨었다.

"내놔라."

"……응?"

"팔."

떠는 것을 멈춘 샤나크가 백현을 재촉했다.

일단 시키는 대로 손을 내밀자, 샤나크는 백현의 손목을 잡고 잠시 주물거렸다.

샤나크의 눈썹이 찡그려졌다.

"뭐 하는 거야?"

"너야말로 자신이 뭘 했다는 자각이 아예 없는 거냐? 방금 너는 혼돈에 손을 담갔단 말이다. 그런데…… 이건 참……."

주물거리는 손길이 멈추었다.

"……이상하군. 아무리 인간이 면역을 갖고 있다지만, 혼돈에 직접적으로 접촉했는데 아무렇지도 않다니……."

[역시 혼돈의 사도인 거야.]

어느새 가까이 다가온 봉제 인형이 백현의 귓가에 대고서 떠들었다.

백현은 그런 봉제 인형을 귀찮다는 손길로 떼어냈다.

'거 아니라니깐.'

[그렇게 부정해 봤자, 방금 전은 솔직히 빼도 박도 못한 것 알아? 뭐 자각이 없을 수도 있다고는 생각하지만. 그래도 괜찮아, 나는 네 적이 아니니까. 너와 나눈 약속은 잊지 않았거든.]

봉제 인형이 시시덕거리며 말했다.

약속.

그 말에 백현도 쩝 입맛을 다시며 고개를 끄덕거렸다.

물론 백현은 자신이 혼돈의 사도라고 생각하지 않는다. 방금의 일은 심안과 천의무봉을 사용했던 일일 뿐이니까. 저 너머에서 백현의 손을 마주 잡은 존재도 그럴 것이다.

그리고 모든 세상에서. 심안과 천의무봉을 사용할 수 있는 존재는 우자와 백현을 제외하면, 단 하나뿐이다.

'하지만 관심을 보였어.'

심안과 천의무봉을 통해 혼돈의 흐름에 간섭했을 때. 쭉 목소리를 내지 않던 놈이, 오랜만에 관심을 보였다. 하지만 곧 흥미를 잃었다는 듯이 시선을 뗐다.

'아직 자격이 없다는 건가.'

달칵.

재생한 손목에 아라크네를 채웠다.

놈이 뭔데 자격을 논하는지도 참 웃겼지만, 저런 식으로 슬슬 빼기만 하는 놈에게 더 큰 관심을 가지고 싶지는 않았다.

백현은 빙글 몸을 돌렸다.

바로 직후였다. 저만치 앞의 지면에서 두 개의 기둥이 불쑥 솟아올랐다.

끈적거리는 늪의 윗면을 거대한 뱀이 미끄러지듯 유영했다.

늪에서 스멀거리며 올라오는 독무(毒霧)는 살짝 들이마시는 것만으로도 어지간한 존재를 절명시킬 수 있을 정도로 지독하다.

다만 백현에게는 그냥 거슬리는 냄새에 지나지 않았다. 그는 코끝을 씰룩거리며 킁킁거리는 소리를 냈다.

예전에 라이 룽 덕에 용을 탄 적은 있었는데, 이번엔 뱀이라니. 굳이 비교하자면 용 쪽이 탑승감은 더 나았다.

언제까지 가야 하나 궁금했지만, 굳이 물어보지는 않았다.

처음 뱀의 머리 위에 올라와서 몇 마디 말을 걸어보았는데, 쉿쉿거리는 헛소리만 들릴 뿐 제대로 된 대화를 나누진 못했기 때문이다.

그냥 어련히 알아서 도착하겠거니 생각하며, 주변을 보았다.

늪지대 주변에는 넝쿨 무성한 숲이 펼쳐져 있었다.

뱀의 유영이 멈춘 곳은 늪지대의 한복판이었다.

뱀은 혀를 날름거리더니 눈동자를 들어 백현을 올려 보았다. 그러더니 대뜸 머리를 튕겨 백현을 위로 던져 버리고, 그 아래에서 입을 쩍 벌리며 백현을 삼키려 했다.

대체 뭐 하는 짓인가 싶었다. 저 뱀이 재생의 뱀의 권속이라는 것은 알았지만, 잠자코 한 끼 식사가 되줄 생각은 없었다. 죽이진 않더라도 저 커다란 이빨 하나는 뽑아야겠다고 생각한 순간.

[가만히 있어라.]

재생의 뱀의 목소리가 들려서 일단 시키는 대로 했다.

턱.

뱀의 아가리가 닫혔다.

백현은 뱀의 입안에서 자세를 고쳐 잡고 앉았다. 고약한 비린내가 날 것이라고 생각했는데, 의외로 냄새는 전혀 나지 않았다.

백현을 삼킨 뱀은 늪 속으로 파고들었다. 뱀이 한참을 끝이 보이지 않는 늪의 바닥까지 헤엄치는 동안, 백현은 뱀의 가느다란 혓바닥 위에서 가부좌를 틀고 앉았다.

얼마 지나지 않아 뱀의 아가리가 다시 열렸다. 밖을 나와 보니 주변은 더 이상 늪지대가 아니었다. 영롱할 정도로 맑은 호수와 화려한 저택이 보였다.

　호수를 빠져나온 뱀은 계속해서 백현을 머리 위에 태우고 이동했다. 심지어 저택 안에 들어갈 때까지도 백현은 뱀의 머리 위에 앉아 있었다.

　"마가라가 머리 위에 태운 인간은 이번이 두 번째구나."

　뱀의 이동이 완전히 멈춘 것은, 저택의 넓은 방에 도착하고 나서였다.

　천천히 머리를 낮춘 '마가라'는 백현이 편하게 내려올 수 있도록 기다려 주었다.

　백현은 사뿐사뿐 걸어 마가라의 머리 위에서 내려왔다.

　"첫 번째는 누군데요?"

　"누구겠느냐? 내 권속이지. 사실 그 아이는 평범한 인간이라 할 수 없기는 하다만, 그건 너도 마찬가지겠지."

　머리를 낮게 깔고 있던 마가라가 미끄러지며 움직인다.

　"너 혼자만 들어오게 한 것이 서운하지는 않으냐?"

　"이곳의 주인은 재생의 뱀 님이시잖아요. 안 된다고 하는데 뭐 어쩔 수 없죠."

　"후후, 이해해 준다니 다행이구나. 성역은 군주인 나에게 있어서 가장 안전한 곳이면서, 나라는 존재가 확실하게 머무르는 곳이기도 하단다."

　황금색에 가로로 넓은 옥좌에 반쯤 몸을 뉜 재생의 뱀이 천천히 손을 뻗었다.

"너와 다르게, '사라'라는 이름을 가진 계집아이는 나를 그리 좋아하지 않아. 그 아이의 불쾌가 두려운 것은 아니지만, 하찮은 것이 불쾌를 내색한다면…… 네 얼굴을 보아 모른 척하는 것에도 한계가 있게 마련이지. 피차 불쾌한 일을 감수할 바에는 아예 보지 않는 편이 낫지 않겠느냐?"

"심성은 착한 애예요."

"그럴 수도 있겠지. 사실 가장 큰 이유는 악몽의 결정자 때문이란다. 왜 그 시체술사의 사도가 널 따라다니는 깃인지는 모르겠지만, 다른 군주의 사도를 내 성역에 들이고 싶지는 않구나. 하물며 그 사도에게는 악몽의 결정자의 단말까지 붙어 있었으니."

마가라는 재생의 뱀이 뻗은 손에 고양이처럼 머리를 한 번 비비더니, 의자의 뒤에 똬리를 틀고 자리 잡았다.

"아아, 그리고 보니……. 이렇게 보는 것은 처음이구나."

재생의 뱀이 빙그레 웃었다. 백현은 고혹적인 자태의 재생의 뱀을 잠시 쳐다보다가 꾸벅 머리를 숙였다.

"하지만 마냥 기쁘지는 않구나. 네가 이곳에 온 것이 나와의 만남을 위한 것은 아닐 테니 말이야."

"너무 서운해하지는 마셔요. 솔직히 조금 무서웠거든요."

백현은 너스레를 떨며 대답했다.

거짓말은 아니었다. 다만, 그가 재생의 뱀에게 느끼는 '무서움'은 그녀와 싸우거나, 다치거나, 죽거나 하는 종류의 무서움은 아니었다.

"내가 너를 잡아먹기라도 할 것 같으냐?"

"네."

재생의 뱀이 피식 웃으며 물었고, 백현은 고민 없이 고개를 끄덕거렸다.

그 말에 재생의 뱀이 두 눈을 깜빡거리다가 깔깔 웃음을 터뜨렸다.

"그럴 마음이 없는 것은 아니지."

웃음의 여운을 즐기던 재생의 뱀이 입술을 혀로 할짝였다.

그녀는 뉘었던 몸을 일으키고서 바로 앉았다. 이쪽을 살피는 것만 같은 예리한 눈매에 백현은 살짝 자세를 낮추며 입을 열었다.

"저를 좋게 봐주시는 것은 감사하지만, 조금 부담스럽기도 하거든요."

"우선 그것부터 바로 하도록 할까. 내가 왜 네게 호의를 보인다 생각하느냐?"

"……수아를 구해줘서?"

"고작 그게 전부일까? 그것만 치기에는 과해 넘치는 호의라 생각하지 않느냐?"

재생의 뱀이 키득키득 웃으며 물었다. 확실히 그랬다. 13 군주 중 하나. 재생의 뱀은 여태까지 백현에게 과하다 싶을 정도의 호의를 보여주었다.

편하고 튼튼할 뿐이라지만 신물인 사린 혹의도 내려주었고, 단순히 백현과의 대화를 위해서 정수아를 예비 사도로 삼고 의식만을 강신시키도 했다.

그렇게 벌인 강신에서, 백현에게 특별히 무언가를 요구하지도 않고 많은 것들을 알려주었다.

사도가 아니고서는 알지 못할 10년 전의 어비스. 모든 사람이 궁금해할 군주에 관한 이야기들. 여태까지, 항상, 재생의 뱀은 백현의 질문에 대부분 대답을 해주었다.

"여태까지 나는 너에게 바란 것이 거의 없었단다. 그나마 바란 것이라면…… 천존을 죽이는 것에 내 권속을 휘말리게 하지 말라는 것뿐이었지."

"재생의 뱀 님이 그런 부탁을 하지 않았어도, 저는 수아를 죽게 두지 않았을 거예요."

"암, 그랬을 게야. 나도 잘 안다."

재생의 뱀이 머리를 끄덕거렸다.

그녀는 눈을 반개하고서 백현을 쳐다보았다.

"네가 만나고 겪은 군주들. 신격들. 그들 중 몇몇은 너에게 호의를, 몇몇은 무관심을, 몇몇은 적의를 보였을 게다. 그리 반응이 갈리는 것부터가 네가 특별하다는 증거이지."

"난 내가 특별하다는 것을 알아요."

너무 많이 들었으니까.

"그리고 이것도 알아요. 아무리 내가 특별하다고 해봐야, 지금의 나는 군주인 당신과 비교하면 한참이나 약하다는 것을. 아닌가요?"

"그를 선언하는 것부터가 네가 특별하다는 것이야."

재생의 뱀의 눈이 초승달처럼 휘어졌다.

"네가 처음 이 방에 들어와 나를 보았을 때. 나는 네가 무엇을 생각하였는지를 잘 알고 있단다."

싸워서 이길 수 있을까.

"내 부끄러운 권속은, 나를 보자마자 겁에 질려 주저앉았단다. 아아, 물론 그때는 내가 이 몸뚱이가 아닌 뱀의 몸을 취하고 있기는 하였다만. 사실 그게 중요한 것은 아니지. 네 '눈'은 나의 예식(禮式)용 허물에 취하지 않을 테니 말이야."

백현의 앞에 있는 재생의 뱀은 아름다운 여인의 모습이었다. 하지만 백현은 그 아름다움을 보지 않는다. 그가 보는 것은, 희미하게 보이는 재생의 뱀의 신력이었다.

그건…… 거대하고, 흉악했다.

황금 옥좌 뒤에 똬리를 튼 마가라도 커다란 뱀이었지만, 재생의 뱀의 신력은 그 마가라조차 한입에 삼킬 정도로 커다란 뱀의 형상을 띠고 있었다.

"인간인 너는, 신격을 대면하고서도 도전을 생각하였다."

재생의 뱀이 천천히 몸을 일으켰다.

"그 오만함은 이미 광기라고도 할 수 없을 게야. 나는 긴 세월을 살았지만 너 같은 인간은 처음 본단다. 네가 말했지? 지금의 너는 나와 비교해 한참이나 약하다는 것을. 하지만 그건 아느냐? 내가 널 처음 보았을 때, 나는 너를 한입에 씹어 죽일 수 있었다. 내 권속의 몸에 처음 강신하였을 때도 그 평가는 달라지지 않았어."

일어선 재생의 뱀이 백현을 향해 다가왔다.

"지금 역시, 나는 너를 씹어 죽일 수 있을 게야. 하지만 대체 몇 번을 씹어야 할지 알 수 없구나. 몇 번을 씹어야 너를 죽이고 삼킬 수 있을까? 열 번을 씹으면 널 죽일 수 있을까? 내 독은 세상도 녹일 수 있단다. 하지만 너 하나를 녹이는 것이 그보다 오래 걸릴 것 같구나."

백현은 대답하지 않고서 웃었다.

"신격으로서의 우리는 정체되어 있단다."

재생의 뱀이 걸음을 멈추었다.

"특히 이곳 혼돈계에서는…… 그 힘을 온전히 보존하는 것이 최선이지. 특별하지 않고서는 말이야. 하지만 너는 어떠냐? 너는 벌써 무령을 죽이고 천존을 죽였다. 보거라, 신격으로서의 힘을 유지하는 것이 최선인 신격들과는 다르게 너는 쉬지 않고 나아가고 있지 않으냐? 그래서 넌 특별한 게야."

재생의 뱀이 손을 뻗어 백현의 어깨를 잡았다.

"지금의 네가 나보다 약하다? 암, 그렇고말고. 하지만 그게 무슨 상관이란 말이냐? 네가 나보다 약하다고 해서, 내가 너를 죽여서 먹기라도 해야 한다는 게냐?"

확하고 재생의 뱀의 얼굴이 가까이 다가왔다. 달콤한 숨결이 백현의 코를 간질였다.

"내가 왜 그래야 하지?"

즐거워 미칠 것 같다는 웃음과 함께.

"널 봄으로써 내가 얼마나 많은 대리 만족을 느끼는지 아느냐?"

재생의 뱀은 자신을 유희꾼이라고 말한 적이 있었다.

뭇 다른 신격들과는 다르게, 혼돈의 근원에 관심이 없었다. 저 군주가 어비스에 온 것은, 그저 자신의 즐거움을 위해서다. 매일매일 신격끼리 부딪쳐 싸움을 벌이고, 권속과 권속이 서로를 죽이던.

"나는 네가 좋단다."

코앞에 있는 재생의 뱀의 눈은 요약한 빛을 머금고 있었다. 거리가 부담스러울 정도로 가깝다.

꾸욱.

백현의 어깨를 잡고 있는 손에 힘이 들어갔다.

"내가 하고 싶지만 하지 못했던 일들을 대신 해주는 네가 아주 좋아. 외차원에 처박혀 지금 이 신세가 되고서, 나는 아주…… 아주 지루한 시간을 보냈단다. 아니, 그 지루함은 그 전부터 있었지. 인과율의 폭풍을 경계한 신격들이 싸움을 꺼려했을 때부터 말이야."

"……너무 가까운데."

백현은 작은 소리로 중얼거렸다.

그 말을 들은 재생의 뱀은 비웃기라도 하듯이 더욱 거리를 가까이 해왔다. 둘의 입술이 닿기 직전까지 좁혀졌다.

백현은 즉시 턱 끝을 당겨 붙이면서 입술을 홉 하고 집어넣었다.

"너는 내가 싫으냐?"

"……싫지는 않지만. 이럴 정도로 좋지는 않아요."

"후후, 감정이 무어가 중요하겠느냐? 그저 유희라 생각하면 될 뿐인데."

그렇게 말은 하였지만, 재생의 뱀은 백현에게 유희를 강요하지는 않았다.

그녀는 백현의 어깨를 놓으면서 뒤로 물러섰다. 아쉽다는 듯 아랫입술을 핥으면서.

"이곳은 나의 영지이고, 네가 말했던 것처럼 너는 나보다 약하지. 아직은 말이다. 그러니 내 마음대로 하기는 쉬운 일이지만…… 그랬다가는 네가 나를 미워하겠지?"

"미워하지는 않을 거예요. 더 좋아하게 되지 않을 뿐이지."

"나로서는 그게 더 싫단다. 그러니 내 마음대로 하지는 않으마."

빙긋 웃는 그녀를 보면서 백현은 멋쩍은 미소를 지었다.

"결국 말이에요. 재생의 뱀 님은 제가 뭘 하기를 바라시는 거예요?"

"나는 네게 무언가를 바라진 않는단다. 단지, 네가 무언가를 하면서 일어나는 일들을 보며 즐길 뿐이지."

재생의 뱀은 그렇게 말하면서 옥좌로 돌아가 털썩 앉았다.

"오히려 내가 더 묻고 싶구나. 너는 또 무슨 재미난 짓을 할 생각이냐? 저 계집아이가 너와 함께 다니는 것이야 이상할 것이 없는 일이지만, 왜 저 시체술사와 사도까지 따라다니는 것이지?"

샤나크만 백현을 따라다니는 것이라면 재생의 뱀이 이렇게까지 궁금해하지는 않을 것이다. 문제는 일행에 '악몽의 결정자'의 단말인 봉제 인형까지 있다는 것이다.

"흑장미여왕을 만나러 가고 있어요."

백현은 거짓 없이 솔직하게 대답해 주었다. 그 말에 재생의 뱀의 눈이 동그랗게 떠졌다.

그녀는 잠시 두 눈을 깜박거리며 백현을 쳐다보았다.

"……흐음."

의외로 그녀는 여정의 이유를 캐묻지는 않았다. 그저 무언가를 생각하는 것처럼 보였다.

이윽고, 재생의 뱀이 고개를 끄덕거렸다.

"……과연."

재생의 뱀이 입을 열었다.

"왜 악몽의 결정자가 단말까지 써가며 너와 함께하는 것인지. 흑장미여왕이 관련되어 있다면 그 군주가 너와 있는 것이 이상할 것은 없지."

"재생의 뱀 님은 둘이 어떤 관계인지 아시나요?"

혹시나 싶어서 물어보았다.

아직 백현은 악몽의 결정자와 흑장미여왕이 어떤 관계인지 모르고 있었다. 아프라스의 기록에도 둘에 관한 것은 없었다. 이전 사용자인 천존은 저 둘과 접점이 거의 없었기 때문이었다.

"그것도 모르고 함께 가는 것이냐?"

"악몽의 결정자님은 흑장미여왕에 대해 말할 수 없는 맹세를 하고 계시거든요."

"흐응, 그렇게까지 한 것을 보면 여전히 우애가 돈독한 모양이야."

재생의 뱀이 키득거리며 웃었다.

"뭐 대단한 비밀도 아니다만. 흑장미여왕은 한때 꽤 위계가 높았던 마왕이고, 악몽의 결정자는 대마계의 하위 차원에서 정점에 섰던 흑마법사란다. 본래 마왕과 흑마법사의 관계란 일방적인 계약이 대부분이지만, 악몽의 결정자는 흑마법만으로 이미 마왕에 준하는 격에 도달했던지라 둘은 꽤 죽이 잘 맞았지."

푼수 같은 모습을 자주 보여준 탓에 그리 대단해 보이지는 않지만, 악몽의 결정자는 신격조차 사역할 수 있는 흑마법사다. 어지간한 마왕쯤은 우습게 여길 상위 신격인 것이다.

"흑장미여왕이 마계를 등진 이유는 나도 잘 알지 못하지만, 악몽의 결정자가 이 혼돈계에 온 이유는 흑장미여왕과 아주 무관하지는 않은 듯했다."

"흑장미여왕을 돕기 위해 왔다는 건가요?"

"글쎄다…… 그건 나도 잘 모르겠구나. 나라고 해서 모든 것을 아는 것은 아니니 말이야."

재생의 뱀은 그렇게 중얼거리면서 옥좌의 팔걸이를 손끝으로 두드렸다.

"돕기 위해…… 라. 흐응, 그건 아닌 것 같았지. 만약 그랬다면 둘은 진즉에 동맹이라도 맺었을 테니 말이야. 하지만 그러진 않았단다. 정확히 말하자면 악몽의 결정자 쪽이 흑장미여왕을 감시하는 듯했지."

'감시?'

백현은 고개를 갸웃거렸다. 악몽의 결정자와 지내면서 그런 낌새는 느끼지 못했기 때문이다.

"네가 흑장미여왕을 만남으로써 무엇이 일어날지는 모르겠지만, 지켜보는 재미는 있겠구나."

재생의 뱀이 입꼬리를 비죽 올리며 웃었다. 앞으로 벌어질 일에 대한 기대를 잔뜩 품은 눈이었다.

백현은 그 시선에 멋쩍은 웃음을 짓다가 물었다.

"그런데 수아는요? 저 수아 잘 지내나 보러 온 건데."

"잡아먹지는 않았으니 염려 말거라."

"얼굴이나 좀 보고 가면 안 될까요?"

"봐서 무얼 하려고?"

"뭐 특별한 걸 하려는 건 아닌데, 그래도 걱정해서 온 거니까……."

"흐음."

재생의 뱀은 잠시 고민에 잠겼다.

제련 중인 권속을 보여주는 것이야 어려운 일이 아니지만, 이대로 보여주면 볼일이 끝났다고 휙 가버릴 놈 아닌가? 그게 아쉬울 따름이었다.

'확 덮칠 수도 없고.'

사실 그렇게 하는 것이야 어려울 것은 없었지만, 문제는 그 다음이다.

재생의 뱀은 백현을 몇 번 가지고 놀고 말 장난감으로 삼고 싶지 않았다. 그래도 기왕 여기까지 온 거, 소소한 즐거움이라도 만끽해야 하지 않겠는가.

"이리 와보거라."

재생의 뱀이 손가락을 까닥거렸다.

백현은 털끝이 곤두서는 것을 느끼면서 부르르 몸을 떨었다. 예전에 스시 집에서 느꼈던 것과 똑같은 기분이었다.

"어…… 꼭 그래야 해요?"

"닳는 것도 아니잖느냐."

"아니, 왜 이걸……."

"내 권속이 아는 말 중에서 못 먹는 감 찔러나 본다는 말이 있더구나."

재생의 뱀이 혀를 날름거리며 웃었다.

"내 본신이 이 외차원에 묶여 있지만 않았어도, 찔러나 보는 것에 만족하지도 않았을 게야. 지금은 이 정도로 만족할 터이니, 어서 오도록 하거라."

재촉하는 말에 백현은 머뭇거리며 발을 질질 끌었다.

"헉."

어깨를 축 늘어뜨리고서 독혈에 몸을 담그고 있던 정수아는 고개를 획 돌렸다.

그녀는 문을 열고 들어온 백현을 보면서 입을 크게 벌렸다.

"오빠!"

반가움에 벌떡 일어서려 했지만, 역혈사들이 급히 그녀의 팔다리를 휘감아 묶었다. 덕분에 그녀는 일어서다 말고 욕조에 엉덩방아를 찧었고, 욕조를 채우고 있던 독혈이 출렁거리며 밖으로 튀었다.

"뭐, 뭐야?"

[아가씨.]

[아무것도 안 입었잖아요.]

역혈사들이 쉿쉿거리며 말했다. 그제야 정수아는 화들짝 놀라며 욕조에 깊이 몸을 묻었다.

사굴에서 지낸 시간의 대부분 뱀에 물어뜯기다 보니, 몸이 터지고 피가 흘렀다. 때문에 그녀가 입었던 옷은 걸레짝이 되어 버려진 지 오래였다.

"잘 지냈어?"

"오빠야말로…… 잘 지냈던 거 맞아요?"

정수아는 어딘가 울적해 보이는 백현의 얼굴을 보면서 조심스레 물어보았고, 백현은 쓴웃음을 지을 뿐 대답을 피했다. 재생의 뱀이 음흉하게 더듬어댄 전신 근육이 괜스레 간질거리는 것만 같았다.

"여기는 어떻게 알고 온 거예요? 아, 혹시 태수 삼촌한테

들고서?"

"웅, 너 걱정 많이 하시더라고."

"당연히 그러겠죠."

정수아는 한숨을 내쉬며 말을 받았다.

사굴에 처음 올 때만 해도 이렇게 시간이 오래 걸릴 것이라고 는 생각하지 않았는데, 벌써 한 달이 넘어 두 달이 다 되어 간다.

백현은 우선 정수아에게 바깥에서 있었던 일들에 대해 들려주었다. 천존 토벌과 전태수에게 들었던 고스트에 관한 이야기를.

그 이야기를 듣자 정수아가 눈을 반짝 빛냈다. 본래 그녀는 몇 년 동안 현상금 헌터로 활동했기에, 고스트에 관하여 전문이었다.

"오빠. 혹시 습격당한 길드들 이름 들었어요?"

"웅."

전태수에게 고스트에 관한 이야기를 들었을 때, 별로 관심이 가는 주제도 아니었기 때문에 자세히 묻지는 않았다. 나중에 다시 연락해 주겠다면서 관련 자료만 넘겨받았을 뿐이다.

"세지오 패밀리, 부두캠, 몽거."

"……죄다 거물인데? 세지오까지 당했다고요? 걔 추정 레벨이 250이 넘을 텐데."

정수아가 놀란 표정을 지으며 중얼거렸다.

곧 그녀는 관자놀이를 두드리면서 생각에 잠겼다.

"셋 모두 길드장이 암막의 주인과 계약했네요. 길드원들도 암막의 주인과 계약한 고스트 비중이 높고요. 쟤들은 진짜 악질 길드예요. 쓰레기들."

"그 정도야?"

"오빠는 잘 모르겠지만, 고스트…… 특히, 악질 범죄를 벌이는 고스트들 말이에요. 인신매매나, 강도나, 그런 것들. 걔들은 대부분이 암막의 주인과 계약한 고스트들이거든요."

정수아의 눈에 경멸이 어렸다.

"……물론 전부 그런 것은 아니지만요. 일반 헌터 중에서도 범죄를 저지르고, 팔찌를 박살 내고서 도주해 고스트가 된 헌터도 많으니까요. 처음부터 암막의 주인이 아닌 다른 군주와 계약한 고스트들도 많고요. 그런데, 오빠도 알다시피 헌터의 레벨이나 권능은 군주가 정해주는 거잖아요? 저런 부류의 범죄들이 암막의 주인이 좋아하나 봐요. 사실 저런 고스트는 헌터가 되기 전부터 범죄자인 경우가 대부분이고."

경멸하는 것이 당연했다. 현상금 헌터 일을 하는 동안 보고 싶지 않은 것들을 너무 많이 본 탓이다.

"특히 저 세 길드는 규모가 큰 만큼 질이 나쁜 놈들이에요. 솔직히 속 시원하네요. 그래 봤자 같은 고스트라지만. 그래서 오빠, 어떤 길드가 했대요?"

"그걸 잘 모르겠어. 고스트인 것은 확실한데, 제대로 파악이 되지 않았거든."

"그럼 더 이상한데…… 솔직히 쟤들이 신생 길드한테 당할 만큼 허접한 애들은 아니에요."

짬 굵은 현상금 헌터인 정수아나 관리국이 생각하지 못했 던 이레귤러.

백현은 새카만 부르카를 덮고서 온몸을 가리고 있던 헤루 샤를 떠올렸다. 암막의 주인은 혈사자와 주종 관계. 그 때문에 헤루샤도 산토리니에서는 카르파고의 뒤를 졸졸 따라다녔다. 그게 그녀 스스로 원해서 한 일인지 아닌지는 알 수 없었지만.

'아직도 따라다니고 있으려나?'

정수아의 말을 들어보니, 저 세 개 길드를 공격한 것이 헤루 샤가 아닐까 싶었다.

헤루샤라면 정수아와 관리국이 파악하지 못한 이레귤러라 는 조건에도 맞아 떨어진다. 그녀가 예비 사도인지 정식 사도 인지는 모르지만, 둘 중 무엇이든 저만한 일을 벌일 힘은 지니 고 있을 것이다.

문제는 '왜' 저런 일을 벌였느냐다. 혈사자와의 연관성을 떠나, 저 세 길드의 길드장이 암막의 주인과 계약한 헌터인데. 암막의 주인의 사도인 헤루샤가 굳이 습격까지 할 필요가 있었을까.

'……아니야.'

혜루샤가 아니다. 그녀가 연관되었다면 저렇게까지 과격한 방법을 쓸 필요는 없었을 것이다.

아니, 관점을 바꿔서. 저건 인간의 일인가, 군주의 일인가?

# 4장
슬슬

일으킨 몸은 식은땀으로 흠뻑 젖어 있었다. 지끈거리는 두통을 느끼며 일어서려다가, 다리에 힘이 제대로 들어가지 않아 휘청 주저앉아 버렸다.

"주인님!"

침대맡에 누워 있던 아소가 컹 하고 짖으면서 뛰어왔다.

라이 룽은 메마른 숨을 몰아쉬며 흐트러진 가운을 아예 벗어버렸다. 가슴골에서 욱신거리는 통증이 강렬했다.

라이 룽은 이를 악물고서 상처를 더듬었다.

넉 달 전, 마룡왕에게 당했던 상처…… 깊이는 그대로였지만 그 주변이 시커멓게 물들었다. 이제 그녀의 양 가슴은 완전히 검게 물들고, 그 오염은 어깨와 배까지 번졌다.

[딸아······.]

용성군이 침통한 목소리로 라이 룽을 불렀다.

라이 룽은 걱정스러운 눈으로 바라보는 아소의 머리를 어루만져 주고서 다시 몸을 일으켰다.

화륵.

사신수 중 하나인 자화봉 해사리가 자주색 불꽃 속에서 소환되었다. 방 안에서 소환했기 때문에 그 크기가 독수리 정도로 줄어든 상태였다.

해사리는 소환의 이유를 묻지 않고 즉시 라이 룽에게 다가와 날개를 퍼덕였다.

[더 이상 두었다가는 진짜 늦어.]

해사리가 날개를 퍼덕거릴 때마다 불꽃의 깃털이 라이 룽의 상처로 날아들었다.

대부분의 상처를 치유하는 불꽃이지만, 라이 룽의 상처는 치유되지 않고, 날아든 깃털은 가슴에 닿는 순간 검은 재가 되어 사라져 버렸다.

[저주의 진행이 점점 빨라지고 있어. 솔직히······ 언제 끝나도 이상하지 않을 상태야.]

"······."

라이 룽은 대답 없이 입술을 잘근 씹었다.

상처를 내려다보는 라이 룽의 얼굴에는 짙은 절망이 어려 있었다.

진 웨이. 놈이 대체 어디에 있는지, 도저히 알 수가 없었다.

놈은 이미 관리국의 팔찌를 예전에 벗어버린 탓에 위치 추격도 되지 않았고, 중국에 구금해 둔 진 웨이의 지인들은 그의 행방에 대해서는 아무것도 알지 못했다.

그나마 마지막으로 확인했던 기록은 그리스 공항. 거기서 진 웨이가 리셸과 만났던 것은 틀림없어 보인다.

하나 거기서부터는 정말 아무것도 알 수가 없었다. 진 웨이는 큰 상처를 입고서 사라졌고, 리셸 역시 사라졌다. 리셸이 어디에 갔는지도 모르겠다.

솔직히 리셸이 원망스러웠다.

리셸, 위치엔드는 라이 룽이 마룡왕의 저주를 끌어안고 있음을 알고 있다. 그 저주를 풀기 위해서는 반드시 진 웨이를 잡아 마룡왕에게 갖다 바쳐야 함을 알고 있단 말이다.

그를 훤히 알면서도, 리셸에게는 연락 하나 오지 않았다. 피차 연락처를 모른다고는 해도, 하고자 한다면 어떻게든 할 수 있을 것이다.

'날 도와주기 싫었나……?'

그렇다면 내가 이렇게 죽기를 바랐다는 건가?

라이 룽은 허탈한 웃음을 흘리면서 발을 질질 끌어 걸었다. 아소와 해사리가 걱정스러운 눈빛을 보내며 라이 룽의 뒤를 따라왔다.

[나의 딸아.]

"……용성군이시여."

라이 룽은 가운을 완전히 벗고서 욕실로 들어갔다. 다시 한 번 밀려온 현기증이 다리에 힘을 풀리게 했다.

비틀거린 그녀는 벽을 손으로 짚고서 간신히 넘어지는 것을 피할 수 있었다.

"……당신은, 항상 저를 딸이라고 부르시는데. 정말로 저를 딸이라 생각하시는 겁니까."

[왜 그것을 묻는지는 모르겠으나, 물론 그렇게 생각한단다. 네가 비록 피가 이어진 딸이 아니라지만, 신격에게 있어서 사도란 혈육보다 진한 관계인 것이다.]

"저는 죽고 싶지 않습니다."

[……나 역시 네가 죽는 것을 바라지 않는다.]

쏴아아.

차디찬 물이 쏟아져 내렸다.

라이 룽은 머리부터 물을 받아내며 고개를 푹 숙였다.

"……대의를 위해서라도 죽을 수 없어요."

그것이 라이 룽의 대의가 아니라고 해도. 그녀는 진심으로 용성군이 말한 대의를 믿는다. 그것이 최선이라고 생각하기 때문이다.

진 웨이가 어디에 있는지 모른다.

라이 룽은 진 웨이가 이미 죽었다는 것을 알지 못한다.

"……이대로 기다려 봤자 죽을 뿐입니다."

용성군은 아무 말도 해주지 않았다.

그는 자신의 사도가 무엇을 생각하는지 이미 알고 있었다. 지금 와서 할 수 있는 방법은 그것뿐이었다.

물론, 용성군은 그것이 절대로 정답이 될 수는 없음을 잘 알고 있었다. 하지만 어쩔 수 없는 일 아닌가.

샤워를 끝낸 라이 룽은 젖은 머리에 수건을 얹고서 방으로 돌아왔다. 욱신거리는 가슴의 통증은 진정되지 않는다.

진통제는 소용없었다. 그렇다면 더 강한…… 마약? 그것은 떠올린 즉시 머리에서 지워냈다. 라이 룽은 그런 것을 경멸한다.

그녀는 통증을 꾹 눌러 참으며 옷을 입었다. 그러다가 침대 곁에 둔 핸드폰을 보았다.

네가 도와달라고 한다면…….

도와줄 일은 없어.

……나중에라도 도움을 바라게 된다면.

산토리니를 떠나기 전에, 백사장에서 나눴던 대화가 떠올랐다.

라이 룽은 잠시 핸드폰을 쳐다보았다. 들어서, 전화를 걸고,

도와달라고 부탁을…….

무언가가 틱, 하고 걸리는 것만 같았다. 휘말리게 하고 싶지 않아서? 아니면 단순한 자존심 때문인가?

라이 룽은 주먹을 꽉 쥐고서 몸을 돌렸다.

그녀는 핸드폰을 무시하고서, 전투를 위한 준비를 갖추기 위해 성의 창고로 향했다.

[……후우.]

용성군이 긴 탄식을 흘렸다.

용곡은 여느 때와 다를 것이 없었다.

이 황량한 바위 골짜기는 몬스터조차 발길을 들이지 않는다. 거센 바람이 바위 사이를 스칠 때의 윙윙거림이나, 가끔 굴러떨어진 바위가 박살 나는 정도가 용곡에서 들리는 소리의 대부분이다.

예전이라 해서 다를 것은 없었다.

마룡왕의 권속인 용아병(龍牙兵)들은 입이 있되 말하지 못하는 인형들이었고, 마룡왕은 용아병들에게 특별한 애정을 준 적은 없었다.

타락은 모든 권속을 잃게 만들었지만, 애정을 준 적이 없기에 쓸쓸함은 느끼지 않았다.

그녀는 애정을 준 대상을 잃는 것이 얼마나 처참하고 끔찍한 기분인지 잘 알고 있었기에, 이 혼돈계에 오기로 했을 때 자신이 잃어도 아무렇지도 않을 것들만 데리고 왔다.

'고마운 일이지.'

구불구불한 바위산 위에 앉은 마룡왕은 희미한 미소를 지었다.

아주, 아주 오래전. 증오스러운 친 오라비와 아버지와 그들과 함께한 용족들에게 용맥(龍脈)이 불탔던 날.

시체 더미 아래에서 홀로 살아남은 작고 약했던 마룡은, 죽지 않기 위해 입을 틀어막고서 평생의 교훈을 얻었다.

후에 종족의 정점이 되어 왕이 된 후에도, 그녀는 어린 시절에 얻은 교훈을 잊은 적이 없었다.

오라버니. 용성군은 같은 교훈을 얻었을까.

아직은 부족할 것이다. 아버지를 죽여 그 머리를 보내주었지만, 용성군은 변하지 않았다. 그렇다면 알아들을 때까지 알려줄 수밖에 없지 않나.

마룡왕은 킥킥거리며 웃었다.

오늘의 용곡은 한층 더 고즈넉했다. 이해가 맞아 어울리던 검무희도, 최근에는 무언가 볼 일이 있는 모양인지 용곡을 떠나 있었다.

떠나던 검무희는 불안을 감추지 못하는 모습이었다.

대체 무슨 일이기에 그 검무희가 감정을 추스르지 못한 것인지 꽤 궁금하기는 하였지만, 직접 묻지는 않았다.


"슬슬 오지 않을까 생각하였소."

마룡왕의 입술이 열리고 커다란 망토로 감춘 몸이 즐거움으로 떨렸다.

그녀는 천천히 몸을 일으키며 고개를 돌렸다.

얼마 떨어지지 않은 아래에 라이 룽이 서 있었다. 그녀는 딱딱하게 굳고 창백한 얼굴로 마룡왕을 올려보았다.

"시간이 없음을 알았을 테니 말이오. 그래. 하이로드의 권속은 데리고 왔소?"

진 웨이는 바로 이 용곡에서 마룡왕의 손에 죽었다. 그러나 마룡왕은 짓궂은 미소를 지으며 라이 룽에게 그것을 물어보았다.

"흐음, 괜한 것을 물었구려. 그렇다면 질문을 달리하겠소. 그대는…… 혼자 왔소?"

라이 룽은 대답하지 않았다.

깊이 새겨진 저주의 통증은, 지금 이 순간은 이상하게도 느껴지지 않았다. 숨을 턱 막히게 하는 긴장감이 통증마저 희미하게 만든 탓이었다.

"혼자로군."

마룡왕은 질문에 대답하지 않는 라이 룽에게 무례를 묻지 않았다. 그 정도 자비야 베풀어주지 못할 것도 없었기 때문이다.

끼릭, 끼리릭.

망토 아래의 나신을 붉은 비늘이 뒤덮기 시작했다.

"본녀는 그대에게 하이로드의 권속을 데려오라 하였소. 하나 그대는 그리하지 않았구려. 그렇다면, 이 용곡에는 무엇을 하러 온 것이오?"

"……찾을 수 없었습니다."

라이 룽은 간신히 대답했다.

"하하하."

마룡왕은 웃음을 터뜨리며 바위산 위에서 훌쩍 뛰어내렸다.

"그러면 왜 이곳에 왔소? 설마 본녀를 설득이라도 해볼 셈인가?"

"자비를…… 구하러 왔습니다."

"궁금한 것이 있소."

타악.

마룡왕은 바위산의 정상에서 뛰어내려 라이 룽의 앞에 섰다.

라이 룽은 움찔하고 뒤로 물러서려 했지만, 어느새 뻗은 마룡왕의 손이 라이 룽의 어깨를 붙잡았다. 그녀의 팔은 이미 붉은 비늘에 뒤덮여 있었다.

"자비를 구하러 가겠다는 말에, 용성군은 뭐라 하였소?"

"……베풀지 않을 것이라 하셨습니다."

마룡왕은 입술을 비틀며 웃었다.

이대로 라이 룽의 어깨를 잡아 부수는 것은 참 쉬운 일이었다. 아니, 어깨뿐인가? 저 목을 잡아 비트는 것 또한 쉬운 일이다.

하지만 마룡왕은 그러지 않았다. 그녀는 라이 룽의 어깨를 놓았다. 그러고는 몸에 두른 망토를 벗어버렸다.

"사실 말이오. 하이로드의 권속은 얼마 전에 이곳에 왔었소."

펄럭.

던진 망토가 하늘을 날았다. 대수롭지 않다는 투로 내뱉은 말에 라이 룽의 눈이 크게 떠졌다.

"본녀가 잡아 온 것이 아니라, 제 발로 직접 왔었지. 이곳에 온 이유에 대해서는 알려주지 않을 터이나, 이것은 말해줄 수 있겠군."

마룡왕의 전신은 붉은 비늘에 뒤덮여 있었고, 붉은 투기와 용마력이 비늘 사이사이를 연기처럼 떠돌았다.

라이 룽의 머릿속에서 용성군이 낮은 신음을 흘렸다.

"하이로드의 권속은 본녀의 손에 죽었소. 너무 섭섭하게 생각하지는 마시오. 그대에게 하이로드의 권속을 잡아 오라 말하고 한참 후에 일어난 일이니."

"그, 그렇다면……."

"본녀는 그대에게 하이로드의 권속을 잡아 오라 하였소. 하지만 그대는 본녀의 말을 수행하지 못하였지. 한데, 본녀가 그대에게 자비를 베풀 이유가 있소?"

우둑, 우두둑!

목 언저리의 비늘이 치솟아 올랐다.

"준비하시오."

비늘이 마룡왕의 얼굴을 투구처럼 감쌌다.

"본녀는 그대에게 자비를 베풀지 않을 것이오. 살고 싶다면, 살고 싶은 만큼 본녀를 상대로 발악해 보시오."

[……딸아.]

용성군이 굳은 목소리로 라이 룽을 불렀다. 물러서라는 말을 하기 위해서였다.

'늦었습니다.'

마룡왕에게 저런 말을 들으니 가슴이 오히려 차분하게 가라앉았다.

천룡회, 그 휘하 길드원이라도 모조리 데리고 왔더라면 승산이 높았을까. 아니, 오히려 발목을 잡았겠지.

라이 룽은 떨리는 가슴을 진정시키고서 품 안에 손을 넣었다.

촤악.

꺼내 펼친 것은 고풍스러운 접선(摺扇)이었다. 무늬 하나 없는 새하얀 접선이었지만, 마룡왕은 그것이 무엇인지 알아보았다.

그녀는 킥킥 웃으면서 말했다.

"희백. 대단한 보패임은 알지만, 그를 쥐었다 하여 본녀를 감당할 수 있을 것 같소?"

고오오!

라이 룽의 몸이 커다란 바람에 휘감겨 위로 떠올랐다. 공간을 가르고 나타난 하미르와 라이 룽이 공명했다.

차라락…….

마룡왕은 비늘을 세우며 그것을 바라보았다.

"그대를 죽이면 용성군이 어찌 반응할지 궁금하군."

그렇게 중얼거리며, 마룡왕이 앞으로 나아갔다.

"산토리니 이후로 다시는 보지 못할 것처럼 구시더니."

"흐름은 언제나 변하게 마련이라고요. 하지만 어쩌겠어요? 이 흐름에는 나도 엮여 있는걸."

의외라는 생각밖에 들지 않았다.

산토리니에서 처음 보았을 때나, 항구에서 헤어졌을 때나. 리셀은 자신이 이 일에 엮인다는 것 자체가 마음에 들지 않는 듯한 태도였다.

그래서 다시는 만날 일이 없을 것이라 생각했다. 어비스를 나와서 사도와 의식을 공유하는 저 독특한 군주는, 귀찮은 것이 질색이라며 몇 번이고 말하곤 했었다.

그런데 결국 다시 만나게 되었다. 그것도, 먼저 접촉해 온 것은 리셸이었다.

"첫 단추를 잘못 끼운 거예요."

리셸은 입술을 삐죽 내밀면서 중얼거렸다.

리셸은 진 웨이를 만났었고, 각인을 새겼다. 그리고 그 각인에 대해 라이 룽에게 미리 알려주지 않았다.

"처음부터 나서면 안 되었어."

백현은 그런 리셸을 보며 고개를 갸웃거렸다. 그로서는 왜 리셸이 갑자기 이런 식으로 찾아온 것인지 알 수가 없었다.

재생의 뱀의 영지를 떠나서 남하하기를 몇 주. 목적지는 변하지 않았다. 백현과 사라, 샤나크는 계속해서 흑장미여왕의 영지로 향하고 있었다.

그러다가 오늘. 갑자기 시선이 느껴졌고, 시선을 의식한 순간 목소리가 들려왔다.

**오늘 밤.**

다른 이들이 깊은 잠이 들었을 때, 밖으로 나와 있으라는 말이었다.

"나한테 볼일이 있는 거죠?"

"그게 아니면 내가 이 늦은 밤에 뭐 하러 찾아오겠어요?"

"대체 무슨 일인데요? 설마 제가 가고 있는……."

"그만!"

리셀이 급히 손을 펼쳐서 백현의 말을 가로막았다.

"나는 네가 어디로 가는지, 뭘 하러 가는지, 왜 가는지, 전혀, 정말, 아무 관심도 없어요. 그러니까 나한테 쓸데없는 말을 하지 마요!"

"아니, 그렇다고 소리 지를 것까지야……."

"알게 되면 엮이게 되잖아요! 그러니까 말하지 말라고요!"

리셀은 신경질적인 목소리로 쏘아붙인 뒤, 고개를 홱 치켜들어 하늘을 쳐다보았다.

밤이 깊어 하늘이 어두웠다. 리셀은 가만히 달을 바라보며 중얼거렸다.

"……흠. 이제 얼마 안 남았네요."

"뭐가요?"

"라이 룽과 마룡왕이요."

시큰둥한 어조로 중얼거린 말에 백현의 눈이 휘둥그레 떠졌다.

"내가 널 찾아온 이유는요."

천천히 고개를 내린 리셀은 놀란 얼굴의 백현을 응시했다.

그녀는 굉장히 복잡한 표정이었다. 지금 상황이 마뜩잖았기 때문이다. 산토리니의 천존 토벌에 엮이지만 않았어도 리셀, 위치엔드가 이곳에 있는 일은 일어나지 않았을 것이다.

하지만 천존 토벌은 개입할 수밖에 없는 상황이었다. 만약 위치엔드가 개입하지 않았더라면 천존 토벌은 그렇게 빨리 마무리되지 않았을 것이고, 그만큼 피해가 벌어졌을 것이다.

그렇게 수많은 사람이 죽는 것은 '리셸'이 바라는 바도 아니었고, '위치엔드'가 바라는 바도 아니었다. 결국 거기서부터 첫 단추를 잘못 끼워 버린 것이다.

"네가 어떤 선택을 할지 물어보기 위해서예요."

라이 룽에게 미리 진 웨이의 행방에 대해 전했더라면.

결과는 바뀌지 않는다.

오라클의 예측은 절대적이 아니라지만, 이 경우에 대해서 리셸은 오라클로 예측한 미래를 확신할 수 있었다. 용성군에게 사적인 원한을 가진 마룡왕은, 라이 룽이 진 웨이를 데리고 온다고 해서 그녀를 용서하지 않는다.

그건 마룡왕이란 신격의 성격에 맞지 않는 행동일 터이나, 유일한 예외가 있다면 바로 용성군에 관한 일들이다.

"앞으로 얼마 지나지 않아서, 여기서 꽤 떨어진 곳에서 마룡왕과 라이 룽이 싸움을 벌일 거예요."

그래서 라이 룽에게 진 웨이에 대해 전해주지 않았다. 시간이 더 주어진다고 해서 무언가 변할 것 같지는 않았지만, 그래도 유예는 가질 수 있을 테니.

백현을 고른 것은 그 외에 적임자가 없었기 때문이다.

단순한 이유였다. 다른 사도들은 라이 룽을 도울 이유가 없다. 카르파고나 드레이브? 그들이 왜 라이 룽을 도울까? 발렌시아? 그녀 역시. 설령 힘을 보탠다 하더라도 힘이 한참 부족하다.

"넌 아예 모르고 있었죠? 그래서 알려주는 거예요. 그리고, 선택은 네가 하면 되는 거예요. 라이 룽을 도와줄 건지, 아니면 그냥 무시할 건지."

백현은 눈을 깜박거리며 리셀을 쳐다보았다. 대답은 하지 않았다. 갑작스러운 이야기이기도 했고, 왜 라이 룽과 마룡왕이 싸움을 벌이고 있는지도 알 수가 없었다.

"내가 돕지 않으면?"

"라이 룽은 죽겠죠."

"……흠."

백현의 눈이 가늘어졌다.

그는 잠시 고민에 잠겼다. 그는 가만히 리셀을 쳐다보았다.

"……왜 저한테 선택을 물어보는 건지 모르겠어요. 이미 예측한 것 아닌가요?"

"내가 예측한 미래가 네가 바라는 미래라는 보장은 없잖아요?"

리셀이 말했다.

"나도 그렇게 뻔뻔하지는 않아요. 천존 때야 어쩔 수 없었지만, 이 일은. 엄밀히 말하자면 용성군과 마룡왕 사이의 일이거든요. 굳이 내가 나선 것은, '굳이' 그렇게 될 필요가 있을까 해서일 뿐. 무조건 그렇게 되는 것을 막고 싶어서는 아니에요. 그래서 네 선택을 묻는 거고요."

"그건 고맙네요."

백현은 피식 웃었다.

그는 고개를 돌려 천공성을 힐긋 보았다. 우선, 아프라스에게 사라에게는 이 일에 대해 전하지 말 것과 따라오지 말고 이곳에서 대기할 것을 명령했다.

"어디서 싸우는 건데요?"

"……혼자 갈 건가요?"

"라이 룽에게 빚이 있는 건 나 혼자에요. 그러니 나 혼자 갚아야죠."

"……뭐, 그것도 네 선택이죠."

리셀은 그렇게 중얼거리면서 손을 들어 용곡의 방향을 가리켰다.

"거리가 꽤 되기는 하지만, 네가 전력으로 달린다면 너무 늦지 않게 도착할 수 있을 거예요."

"알려줘서 고마워요."

"그런데, 넌 네가 앞으로 어떻게 될지 안 물어보나요?"

리셀은 이상하다는 듯 고개를 갸웃거리며 물었다.

발목을 한 바퀴씩 돌리고서 공중으로 뛰어오른 백현은, 리셀을 내려보며 히죽 웃었다.

"미리 들으면 재미없을 것 같아서요."

"미친놈이네요."

웃는 목소리로 하는 대답에, 리셀은 어이가 없다는 목소리로 중얼거렸다. 신격 중 최강이라는 마룡왕과 마주하러 가는 것인데, 재미를 논하는 인간은 세상천지에 저놈밖에 없을 것이다.

빠지직!

백현의 몸이 시커먼 전류에 휘감겨 순식간에 멀어졌다.

우두커니 서서 그것을 보던 리셀은, 긴 한숨을 내쉬며 중얼거렸다.

"이게 마지막이면 좋겠네요."

리셀은 휙 몸을 돌렸다.

"다시는 여기 오고 싶지 않았는데."

폐를 가득 채우는 어비스의 공기가 역겹게 느껴졌다.

숫아 있던 많은 바위산은 모조리 무너져 바위 더미가 되었고, 절벽도 주저앉아 평평해졌다. 군데군데 타오르는 자주색 불꽃이 힘없이 꺼져가고, 거대한 짐승이 할퀸 것만 같은 자국들은 그 수가 많아 셀 수가 없었다. 미친 듯이 몰아치던 바람은 더 이상 불지 않았다.

라이 룽은 희미해져 끊어져 가는 의식의 끈을 붙잡았다. 몇 분, 아니…… 몇 초? 일까. 그 정도 시간을 기절했던 것 같다. 그래, 그 정도 시간을.

'죽지 않은 것이 다행이군.'

오늘 하루 대체 그런 생각을 몇 번이나 하는 것인지.

실제로 몇 번, 몇십 번이나 죽음의 위기가 있었다. 죽지 않은 것은 운이 좋아서도, 죽지 않기 위해 발악한 덕분도 아니다. 단순히 마룡왕이 죽이지 않은 덕분이다. 라이 룽은 그걸 확실히 느끼고 있었다.

매 순간순간 죽음이 가깝다. 저 괴물은 실체하는 죽음 자체인 듯했다.

[주인……님.]

사신수 중 하나인 영갑귀 자오가 꺼질 것처럼 얇은 소리를 냈다.

'오, 맙소사.'

간신히 몸을 일으키던 라이 룽의 눈이 파르르 떨렸다. 가장 단단하던 자오의 등껍질이 처참하게 찢겼고, 자오는 스스로 만든 피 웅덩이에 축 처져 있었다.

"자오가 몸을 던지지 않았다면 죽었을 것이오."

저 앞에는 마룡왕이 서 있었다.

그녀는 라이 룽이 일어서는 것을 기다리는 듯했다. 등껍질을 찢었던 손가락을 까닥거렸다. 얼굴을 감싸고 있던 투구가 벗겨져 마룡왕의 민얼굴이 드러났다.

"아니, 사실 죽지는 않았을 것이오. 본녀가 직전에 손을 거두었을 테니. 대신, 차라리 죽는 게 나을 만큼 아팠을 것이오. 자오는 그걸 알고서 몸을 던진 모양이고."

"……으득……!"

라이 룽은 이를 갈면서 몸을 일으키려 했다. 하지만 다리가 후들거려 제대로 일어설 수가 없었다.

마룡왕은 피식 웃으면서 팔짱을 꼈다.

"시간이 더 필요한 모양이군. 뭐, 괜찮소. 본녀는 그대에게 자비를 베풀 생각은 없지만, 필요한 만큼의 시간을 줄 용의는 충분히 있다오."

피 웅덩이 속에서 자오가 엉금엉금 기었다. 라이 룽은 안쓰러운 눈으로 그것을 바라보았다.

반면에 마룡왕은 비웃음과 경멸을 듬뿍 담은 눈으로 꽁무니를 흔드는 자오를 보며 이죽거렸다.

"신비경 제일의 견고함이라 자랑하지만, 결국 이 정도뿐인 게요. 저 빌어먹을 거북이는 예전부터 그랬소. 저 하찮은 등껍질을 믿고서 졸렬하게 굴었지."

콰직!

쏘아져 나간 꼬리가 얼마 남지 않은 등껍질을 꿰뚫었다. 찢어지는 비명과 함께 자오의 거체가 붕 떠올라 땅을 뒹굴었다. 라이 룽도 함께 비명을 질렀다.

"그만!"

"왜 그만하라는 것이오? 몇 번이나 말하지 않았소. 본녀는 그대에게 자비를 베풀지 않을 것이라고."

마룡왕이 이죽거렸다.

라이 룽은 마룡왕의 잔혹함에 치를 떨며 내뱉었다.

"⋯⋯죄책감이나 미안함은 없는 겁니까⋯⋯?!"

"그게 무슨 말이오?"

마룡왕이 눈을 동그랗게 뜨고서 반문했다.

결국, 일어선 라이 룽은 신음을 흘리는 자오를 신비경으로 역소환시켰다. 그리고 다시 하미르를 소환했다.

하미르 역시 마룡왕과의 싸움에서 상처를 입었지만, 치명상을 입은 자오보다는 나았다.

"마룡왕. 당신은 제가 섬기는 군주인 용성군의 누이동생이며, 한때 신비경에 살았다고 들었습니다."

하미르의 바람을 휘감고서, 라이 룽은 원독에 찬 눈으로 마룡왕을 노려보았다.

라이 룽이 내뱉는 말에 하미르의 눈에 당황이 어렸다. 그는 확 하고 고개를 돌려 라이 룽을 돌아보았다.

마룡왕의 얼굴에도 웃음기가 사라졌다. 그녀는 싸늘하게

식은 눈으로 라이 룽을 응시했다.

"지난번에 당신의 손에 처참히 죽은 무영호 유가도, 방금 치명상을 입은 자오도. 그 시절에는 당신을 웃어른으로 섬기며 충성했을 겁니다. 그런데……."

[주인, 그만.]

[그만두어라.]

라이 룽의 말이 끝나기도 전에, 그녀의 머릿속에서 하미르와 용성군이 동시에 말했다. 서로 다른 목소리였지만 똑같은 다급함을 품고 있었다.

거기서 라이 룽은 자신의 실언을 하였음을 눈치챘지만, 그만큼이나 이해할 수가 없었다.

그녀는 '왜' 마룡왕이 저렇게까지 적의를 세우는 것인지 모른다. 첫 대면에서부터 적의는 일방적이었다. 지금에 이르러서까지. 라이 룽은 마룡왕이 용성군의 배다른 동생이라는 것만 들었을 뿐, 적의의 이유까지는 알지 못했다.

"……하하."

마룡왕의 입술이 열렸다. 낮은 웃음소리가 나왔다.

하지만 소리뿐이었다. 마룡왕의 표정은 조금도 웃고 있지 않았다.

"다를 것이 없구려."

라이 룽이 언급한 것은 마룡왕의 역린(逆鱗)이었다.

"하이로드와 다를 것이 없소."

그러나 마룡왕은 분노하지 않았다. 오히려 그녀는 동정 어린 눈으로 라이 룽을 바라보았다.

"그대들. 사도란 족속들은…… 아는 것도 적은 상태로 군주에게 이용당할 뿐인 거요. 그대는 왜 본녀가 그대를 죽이려 하는지, 왜 본녀가 신비경의 짐승들을 무자비하게 다루는지, 왜 본녀가 용성군에게 증오를 갖는지. 아무것도 모르면서 본녀의 일방적인 적의에 맞서고 있지."

진 웨이가 하이로드와 얽힌 사정을 알지도 못하고서 오해를 풀기 위해 왔노라 떠들었던 것처럼.

"무지(無知)를 죄라 하고 싶지는 않소. 그저 가여울 뿐. 그대는 용성군에게 본녀에 관해 물어보았소? 왜 본녀가 이렇게 하는지, 그에 대한 답을 들었소?"

당연히 물어보았다.

"사실 따지고 보면 그대는 본녀에게 아무런 잘못도 하지 않았지. 단지 용성군의 권속이라는 이유만으로 본녀에게 미움받을 뿐이오. 그래서. 그대는 용성군이 들려준 대답에 납득하였소?"

만족스러운 대답은 듣지 못했다. 오래전, 그럴 만한 사정이 있었노라고. 용성군은 그렇게 말할 뿐이었다.

"억울하지 않소? 보시오. 지금 그대는 이렇게 본녀의 앞에 있소. 용성군은 그대에게 무엇을 해주고 있소?"

[듣지 말거라.]

"본녀는 그대에게 용성군과 얽힌 사연에 대해 들려줄 생각은 없소. 그대의 군주가 숨기고자 했던 것을 군이 들추고 싶지 않아서가 아니오. 아무것도 모르고 죽는 편이 그대가 용성군을 증오할 수 있을 터이니. 그러니 알려주지 않겠소."

동정심과 함께. 조금 늦은 분노가 마룡왕을 움직이게 만들었다.

"신격은 사도에게 강신이란 이름으로 스스로의 격과 그에 걸맞은 힘을 일시적으로 내릴 수 있지. 그대는 그것을 믿고 있는 것이오? 용성군이 강신하여, 이 상황에서 본녀를 물리치고 그대를 구원하는 것을 믿고 있소?"

믿지 않는다면 거짓이리라.

용성군이 강신한다면. 그 거대한 신격을 라이 룽이 완전히 감당할 수 있는가는 다른 문제겠지만, 최소한 저 끔찍한 군주를 상대로 의미 있는 발악은 가능할 것이다.

"그 믿음은 틀렸소. 용성군은 오지 않을 것이오."

마룡왕은 확고한 믿음을 갖고서 말했다.

"그는 이곳에 올 위인이 아니오."

[딸아.]

용성군이 울적한 목소리로 라이 룽을 불렀다.

라이 룽은 마음 깊은 곳에서 두려움을 느꼈다.

정말 최악의 상황이 되었을 때, 그녀는 용성군이 강신해 줄 것이라 생각하고 있었다. 하지만 이미 최악은 도래하지 않았는가? 마룡왕과 마주한 순간부터 최악은 시작된 것이 아닌가? 이미 수십 번 죽음의 순간이 있었는데, 그 순간마다 용성군은 강신하지 않았다.

생각이 거기까지 미쳤을 때. 자연스러운 절망이 라이 룽의 마음속에서 꽃처럼 피어났다. 그걸 외면하려 했지만, 외면할 수 없는 절망이 코앞에서 손을 뻗었다.

마룡왕의 손아귀에서 피처럼 붉은 용마력이 뭉쳤다.

"거 보시오. 안 올 것이라고 하지 않았소?"

왠지 모를 씁쓸함이 느껴지는 말과 함께, 붉은 구체가 하늘을 날았다.

마룡왕의 말대로였다. 용성군은 오지 않았다.

그렇다고 아무도 오지 않은 것은 아니었다.

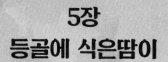

# 5장
# 등골에 식은땀이

'허?'

조금 놀랐다. 놀람이 표정이 되고, 목소리가 되기 전에. 시커먼 뇌전이 공간을 가로질렀다.

뻐엉!

라이 룽을 덮치던 용마력의 구체가 터졌다. 가공할 힘이 흩어져 사방을 할퀴었다.

눈을 부릅뜨고 다가오는 절망을 보던 라이 룽의 눈동자가 흔들렸다. 피처럼 붉은 용마력이 하늘을 수놓는 것은, 꼭 노을이 퍼져 나가는 것처럼 보였다. 그 빛은 눈을 찌를 정도로 강렬하진 않았지만, 힘의 밀도가 너무나도 높아 바라보는 것만으로도 눈이 욱신거렸다.

혹사당한 눈에 눈물이 고여 시야가 뿌옇게 차올랐다. 덕분에 앞이 잘 보이지 않았다.

아주 안 보이는 것은 아니었다. 등이 보였다. 널찍한 등이었다. 머리는 한참이나 손질하지 않은 듯한 부스스한 산발에, 입은 옷은 특별할 것 없는 무복이었다. 아는 모습이었다.

물론, '그가 엄청나게 유명해진 탓에 저 꼴사나운 모습이 일부 헌터들 사이에서 컬트적인 인기를 끌고 있다지만. 마룡왕의 공격을 저렇게 막아낼 수 있는 것은, 라이 룽이 아는 한 어비스에서 단 한 명뿐이었다.

"늦지 않을 거라더니."

백현은 그렇게 중얼거리면서 땅에 내려왔다.

이렇게 빠르게, 오랫동안 움직인 것은 꽤 오랜만이다. 덕분에 따로 준비 운동을 하지 않아도 될 만큼 몸이 딱 좋게 풀렸다.

중간에 여유를 부리지 않아 다행이라는 생각이 들었다. 조금만 늦게 와도 끼어들 타이밍이 어긋났을 것이다.

'그건 그렇고.'

백현은 얼얼한 팔을 힐긋 내려 보았다. 갑작스레 끼어들어 공격을 걷어낸 것을 감안해도. 이건 정말이지…….

백현은 쓴웃음을 지으며 부들거리는 손을 쥐었다 폈다.

'팔이 통째로 날아갈 뻔했어.'

실제로 날아가지는 않았지만. 뼈가 으스러지고 근육이 파열되었다. 하지만 이 정도 상처는 파라넥트로 금세 회복된다.

"호오."

회복된 팔을 툭툭 털고 있으니, 마룡왕의 입이 열렸다.

그녀는 적잖게 놀란 표정을 지으며 백현을 쳐다보았다.

"그대. 과연, 죽지 않았다는 이야기는 들었소만…… 설마 이렇게 다시 만나게 될 줄은 몰랐구려."

"나도."

백현은 어색한 미소를 지으며 대답했다.

말뿐이었다. 이렇게 만나게 될지는 몰랐다지만, 만남의 형태가 중요한 것이 아니다. 중요한 것은 마룡왕과 다시 만났다는 것이다.

가슴이 터질 것처럼 두근거린다.

긴장, 흥분, 즐거움, 설레임…… 두려움? 없지는 않다. 놀랍게도 백현은 지금 조금의 두려움을 느끼고 있었다.

하지만, 그가 느끼는 두려움은 마룡왕과 대면한 상대들이 일반적으로 느낄 두려움과는 그 궤가 달랐다.

도원경을 나오고서. 백현에게 압도적인 패배를 안겨준 상대는 마룡왕이 유일했다. 제대로 싸워본 적도 없는 역천자와는 다르게, 마룡왕은 정면에서 백현의 모든 것을 파훼하고 꺾었다.

그 후로 선계에 가서 다양한 패배를 겪었다. 선계에도 강력한 신선들은 참 많았다.

그들은 넘을 수 없는 벽이었다. 언젠가는 넘어야 할 벽이겠지만, 당장 넘지 않아도 될 벽이기도 했다.

하지만 마룡왕은 다르다. 선계가 아닌 어비스에 있는 그녀는, 그리 오랜 시간을 기다려 주지 않을 벽이었다.

두려움의 이유는 패배나 죽음이 아니었다. 내가 내 생각보다 약할까 봐. 이렇게 마주하게 된 마룡왕과의 싸움을 제대로 즐길 수 없을까 봐.

"그대와의 재회가 무척이나 반갑소."

거짓이 아니었다. 마룡왕은 라이룽을 볼 때와는 전혀 다른 웃음을 지었다.

"하지만 그대. 이 상황이 재회에 마뜩잖음을 알고 있소?"

"어쩌면 그럴지도 모르지."

"왜 그대가 이곳에 왔는지 모르겠구려. 그리고 무척이나……
놀랍소."

마룡왕의 눈이 가늘어졌다. 그녀는 백현을 빤히 보면서, 그의 힘이 지난번에 보았을 때와 비교할 수 없이 진보하였음을 간파했다.

그건 무척이나 놀라운 일이었다. 그 후로 시간은 고작해야 몇 달밖에 지나지 않았을 터. 그 짧은 시간에 어찌 저리도 강해질 수 있단 말인가?

초월자의 격이 예정되어 있는 초월종이라고 해도 이 짧은 시간에 저만큼의 성장을 이룩하지는 못할 것이다. 하물며 인간. 짧은 시간을 살고, 비천한 격을 가진 인간이 어찌 저런 성장을 거둔단 말인가.

'……오히려 짧은 생을 살기 때문인가?'

다른 관점에서 보면 그렇게 생각할 수도 있겠다. 초월종 이상의 잠재력을 갖춘 인간이라면, 짧은 생을 사는 만큼 급격한 성장력을 지녔겠지. 하지만 그걸 감안해도 저건 너무 빠르다.

산을 오르는 것. 처음 오르기 시작할 때는 힘이 넘쳐 빠르게 오를 수 있겠지만, 한참 오르고 나면 힘이 빠져 한 걸음 한 걸음 딛는 것이 고역이 되어 속도가 늦어진다. 그런데 저 인간은 대체?

"백현."

마룡왕이 그 이름을 불렀다.

그녀는 백현의 이름을 기억하고 있었다. 그럴 만한 자격을 갖춘 존재의 이름이었기 때문이다. 비천한 인간이라고 해도. 마룡왕은 가치 있는 존재를 인정한다.

"그대는 왜 이곳에 왔소?"

하나, 인정한 상대라 할 지라도 지금의 상황은 좋지 않았다.

마룡왕은 백현을 빤히 쳐다보았다. 그녀의 인정이 나름의 친애에서 비롯된 것일지라도. 지금의 마룡왕은 역린을 찔려 분노한 광룡(狂龍)이었다.

"본녀를 막기 위해 온 것이오? 아니면 단순히 지나가다, 우연히 이 일에 개입하게 된 것이오? 만약 후자라면. 백현. 본녀가 그대의 이름을 기억하고 있소. 그러니 그대를 언젠가의 호적수이자, 비천한 격에서 탈각할 수 있는 후대의 신격에 대한 존중으로 방금의 무례를 용서할 수도 있소."

마룡왕은 짐짓 자비로운 어조로 말했다. 그러나 백현은 물러서지 않고 고개를 가로저었다.

"우연히 지나가는 길이 아니야. 나는 네가 여기 있음을 알고 왔고, 여기서 무슨 일이 벌어지는지도 알고 왔어."

"본녀를 막기 위해 왔다는 것이로군."

"그래."

"참 유감스러운 일이오. 그대와는 이런 상황에서 만나고 싶지 않았는데."

마룡왕은 진심으로 그렇게 말했다.

"다시 한번 묻겠소. 백현. 이건 그대가 개입할 일이 아니오. 본녀와 저 계집, 그리고 용성군이 얽힌 지극히 사적인 문제라오. 그대가 개입하고자 한다면, 본녀는 저번과는 다르게 진심으로 그대를 상대할 수밖에 없소."

그러나 다시, 한 번 더. 마룡왕은 그렇게 물었다. 그만큼 그녀는 진심이었다. 저만한 자질을 가진 존재가 흔치 않다는 것을 잘 알고 있기 때문이었다.

타고난 성정이 무(武)를 광적으로 추구하고 자질조차 으뜸이다. 그러면서 아직 만개하지 않은 꽃과 같아, 어떤 형태의 꽃이 될지 알 수 없다. 저번과 마찬가지로, 마룡왕은 저 꽃을 자신의 손으로 꺾고 싶지 않았다.

"오늘의 본녀는 살계를 닫지 않았소."

"룽."

백현은 마룡왕의 말에 대답하지 않고, 등 뒤에 주저앉은 라이 룽을 불렀다.

라이 룽은 백현이 자신을 저렇게 부르는 것이 마음에 들지 않았다. 싫었다. 필요 이상으로 친근하게 부르는 것 같았기 때문이다. 임시로 맺은 동맹. 사실 말뿐인 동맹 아닌가.

"앉아서 뭐 하고 있어? 일어나서, 도망쳐."

라이 룽은 아무런 말도 하지 못하고 백현을 쳐다보았다. 왜 그가 여기 온 것인지 도무지 이해할 수가 없었다.

룽곡에 오기 전, 라이 룽은 끝내 백현에게 연락하지 않았다. 이 일에 그를 휘말리게 하고 싶지 않았다.

"……왜?"

"이거로 빚은 없는 거야."

백현은 뒤를 돌아보지 않고서 대답했다.

꼭 구명(救命)의 빚이 이곳에 온 전부는 아니었다. 백현은 라이 룽이 싫지 않았다. 필요 이상으로 쌀쌀맞고 자존심이 높은 것은 사실이지만, 여태까지 그녀는 백현에게 나쁘게 군 적이 한 번도 없었다.

"알겠소."

저 대화가 마룡왕에게는 대답으로 충분했다. 마룡왕은 천천히 고개를 끄덕거렸다.

촤악!

목 언저리의 비늘이 솟구쳐 마룡왕의 얼굴을 뒤덮었다. 그녀의 얼굴이 투구에 가려 사라졌다.

"그렇다면 하는 수 없지."

넋두리처럼 들리는 말은 앞으로 해야 할 일에 대한 씁쓸한 선고였다.

마룡왕이 먼저 사라졌다. 백현도 즉시 질풍신뢰를 펼쳤다.

흐르는 시간보다 몸와 의식의 속도가 앞선다. 눈이 욱신거린다. 육안으로는 마룡왕의 움직임을 볼 수 없다. 심안에 집중했다.

흐름을 포악하게 찢는 움직임. 마룡왕이다. 념체가 움직이고 육체를 구성, 주먹을 휘둘렀다.

팔이 통째로 박살 나는 것 같았다.

어비스의 신격 중 최강. 타락해 그 격이 떨어졌다고는 하나 마룡왕의 힘은 백현이 무령이나 천존과는 비교가 되지 않았다.

당연한 일이었다. 스스로 신격을 갖추지 못했던 그들과는 다르게 마룡왕은 직접 신격을 쌓은 존재였다.

타락해서 격을 잃었다고? 그렇다고 해서 저 존재가 그만한 격을 갖추기까지의 힘이 소멸한 것은 아니다. 잃은 것은 오직 격뿐이다.

전해져 오는 힘을 정면에서 견디지 않고 흘려보내며 반동으로 삼았다. 팽그르 회전하며 반대쪽 손을 채찍처럼 휘둘렀다.

쩌엉!

마룡왕의 팔뚝이 백현의 팔을 가로막았다. 날카로운 꼬리가 백현의 옆구리를 노렸다.

회피는 아슬아슬했다. 스치지도 않았는데 몸이 뜯기는 것만 같다.

쇄혼을 펼쳤다. 의식의 바람에 따라 육체가 각성했다. 질풍신뢰가 연이어 펼쳐졌다. 각기 다른 위치에서 공격을 시도했지만, 모조리 가로막혔다.

그녀의 비늘은 지난번 싸웠을 때보다 비교도 할 수 없이 단단했다. 그때 마룡왕이 얼마나 많은 자비를 지니고서 싸움에 임했는지 알 수 있었다.

'아직 한참.'

멀다.

이미 알고 있던 사실이라지만 새로이 자각하면서 몸이 오싹했다. 살령을 써야 하나? 그런 생각이 들 정도였다.

'아니, 아직은 아니다.'

백현은 인벤토리에 넣어둔 저주받은 방울에 대한 생각을 떨쳐냈다. 그건 정말로, 써야 할 상황에 써야 했다.

뻗은 주먹을 피해 자세를 낮추고 파고들었다.

바짝 붙인 팔을 짧게 끊어 뻗으면서 마룡왕의 몸을 노렸다. 올라온 무릎이 주먹의 동선을 가로막았다.

백현은 팔의 방향을 억지로 꺾으며 양팔을 활짝 펼쳤다. 그대로 마룡왕의 허리를 끌어안으려 했지만, 이번에는 꼬리가 문제였다. 타격을 감수하는 것이 불가능한 공격이다. 너무 강하니까.

백현은 다시 질풍신뢰를 펼쳐 마룡왕의 등 뒤로 돌아갔다. 그 쾌속한 움직임을 마룡왕은 놓치지 않았다.

마룡왕의 몸이 돌아가면서 팔이 함께 날아왔다. 거대하게 변한 용의 발톱이 백현의 몸을 찢으려 들었다.

백현은 급히 몸을 뒤로 빼면서 아라크네의 은사를 풀어냈다. 뭉텅이로 뭉친 은사를 길게 잡고서, 내리찍는 발톱을 받아냈다.

아니, 그러지 못했다. 잔뜩 기를 주입한 은사가 너무나도 쉽게 절단 났다.

그로도 충분했다. 도중에 쭉 잘려 나풀거리는 은사가 길게 풀려 나왔다. 백현이 양손을 휘두르자 수십 가닥의 은사가 수백 개의 참격을 만들어냈다.

백현과는 달리, 마룡왕은 물러서지 않았다. 그녀는 전신에 포악한 용마력을 휘감고서 돌진했다. 참격은 마룡왕의 전진을 가로막지 못했다.

백현은 정신을 집중하면서 몸을 옆으로 빠르게 움직였다.

은사 몇 가닥이 마룡왕의 팔에 감겼다. 마룡왕은 그것을 힐 긋 보고 피식 웃었다.

백현은 전력을 다해 은사를 당겨 마룡왕의 몸을 끌어오려 했지만, 마룡왕의 몸은 미동도 하지 않았다. 저 작은 몸에 그만한 힘이 어디에 있는 것인지, 오히려 마룡왕이 은사를 당기자 백현의 몸이 확 당겨졌다.

"안일하오."

마룡왕이 중얼거렸다.

'전혀.'

백현은 그것을 굳이 입 밖에 내진 않았다.

마룡왕이 꽉 쥔 주먹을 백현의 머리를 향해 휘둘렀다.

파직.

질풍신뢰가 백현을 사라지게 만들었다. 은사가 당겨진다. 그것이 순간 마룡왕의 감각을 어지럽혔다.

그녀는 질풍신뢰의 총체를 이해하지는 못했지만, 저것이 마법사들이 사용하는 블링크보다 훨씬 고차원적이며, 즉발적인 단거리 이동기라는 것은 알았다. 순간적인 념체의 이동과 구성.

마룡왕 정도의 존재에게 념체를 포착하는 것은 크게 어려운 일이 아니다. 하지만 넘체가 보이지 않는다.

오직 은사가 빠르게 당겨졌을 뿐이다. 그 확실한 감각에 마룡왕은 반사적으로 은사가 당겨진 방향을 보았다.

은사는 진즉에 끊겨 있었다. 끊은 은사를, 맨 손에 쥐고 있었을 뿐이다.

질풍신뢰는 특징이 명확하다. 넘체가 이동하고 육체가 구성되는 순간. 검은 전류는 공간을 관통하는 과정에서 반드시 일어난다. 전류만으로 이동 위치를 포착하는 것은 불가능하니 굳이 숨길 것도 없다.

역설적으로, 저 검은 전류가 튀어 오르면 질풍신뢰를 겪은 상대는 무조건 '질풍신뢰를 썼다'라고 생각하게 된다. 두 번은 못 쓰는 눈속임이다.

고개를 돌린 마룡왕이 본 것은, 있는 힘껏 던져두어 날아가고 있는 은사였다.

"하?"

넘체는 이동하지 않았다. 제 자리 그대로.

마룡왕은 즉시 고개를 돌려 앞을 보았다.

쩌억!

백현의 일장이 마룡왕의 배에 처박혔다. 타격 즉시 살짝 떨어진 손바닥 사이에서 어둠이 뭉글거리며 솟았다.

흑운(黑雲). 강렬한 의념을 담아 펼친 무공이 공간을 뒤엉키게 만들었다. 뒤틀림에서 터져 나온 어둠이 마룡왕을 집어삼켰다.

쿠르르릉!

어둠이 요동치면서 마룡왕의 몸을 압박했다.

마룡왕은 몇 걸음 뒤로 물러서면서 웃음을 터뜨렸다. 꽈득거리는 소리. 그녀의 몸을 덮은 비늘이 으스러지는 소리였다.

"본녀가 안일했었군."

'안 먹혀?'

조금 아프게는 할 줄 알았는데. 등골에 식은땀이 흘렀다.

안일했다는 말과 웃음소리. 고작 그것을 기대하고 한 공격이 아니었다. 나름대로 회심의 일격으로 전력을 다해 펼친 흑운이다.

'진짜' 신격에게는 아직 시험해 본 적이 없었지만, 마룡왕과 같은 신격을 상실한 존재에게 의념절기가 유효하다는 것은 무령과 천존을 통해 몇 번이나 확인했다.

"실망하였소?"

여전하게 웃음 섞인 목소리가 이어졌다.

푸확!

마룡왕을 집어삼키고서 압박하던 흑운이 결국 버티지 못하고 터졌다.

휘두른 팔을 내리며 걸어 나온 마룡왕은 생각했던 것만큼 멀쩡하지는 않았다. 그건 눈으로 보고 알 수 있을 만큼이나 명확했다.

그녀의 몸을 갑주처럼 감싸고 있던 비늘은 여러 곳이 으스러지고 뭉개져 살에 파묻혀 있었다. 특히 버티고 섰던 다리가 압착기에 들어갔다 나온 것처럼 홀쭉했다.

"그리 실망할 것은 없소. 본녀가 안일했다고 말한 것은 그대의 생각 이상으로 대단한 의미라오."

그녀의 말대로, 백현의 공격은 마룡왕에게 유효한 공격이었다.

"하나 얕았소. 이 피륙을 뭉개 심장을 터뜨려 죽이기에는 약했어."

이해했다. '저건' 여태까지 백현이 싸우고, 쓰러뜨렸던 존재들과는 다른 의미로 격이 다르다.

백현은 참 많은 이들과 싸워보았다.

도원경, 선계, 어비스. 강자가 없었던 곳은 단 하나도 없었다.

하지만 백현이 어비스에서 겪었던 싸움. 특히 '군주'나 '신격'이라 추앙되던 이들과의 싸움에서 느꼈던 것은, 그들이 지닌 강함과 비례하지 않는 실망감이었다.

그들의 힘은 강건했을지 몰라도, 의지는 너무나 취약했다.

어쩔 수 없는 일이었다. 무령과 천존은 본래의 그릇에 맞지도 않는 신격을 얻었고, 그러한 싸움에 익숙하지 않았다.

하지만 마룡왕은 다르다. 저 존재는 신격의 싸움에 너무나도 익숙했다.

몸이 으스러져 터지고 박살 나면서도 재생해 싸우는 것. 천존과 무령은 거듭된 공격으로 인한 고통이 누적되어 갈수록 심적으로 몰리고, '인간'으로서 의식했던 것 이상의 고통에 금세 전의가 꺾이는 모습을 보였으나. 마룡왕에게 그러한 것들은 죄다 익숙할 뿐이었다.

즉. 그녀는 백현이 어비스에서 처음으로 대적하는 신격다운 신격인 것이다.

"그대를 죽이고자 마음먹었소. 그렇기에 필요 없는 감정은 더하지 않으려 하였는데…… 이래서야 원. 자격 있는 자를 찬탄(讚歎)하고자 하는 마음은 의식한다 하여 느끼지 않게 되는 것이 아니구려."

뚜두둑.

살에 파묻혔던 비늘이 완전히 으스러졌다. 피투성이의 몸도 순식간에 피 한 방울 묻지 않은 새것으로 재생했다.

"아직 탈각하지 않았음에도 그대의 힘은 초월자를 능가하였고 이 마룡왕을 놀라게 하였소. 실로 이곳에서 죽기 아까운 힘과 재능이오."

"아직도 그런 말을 하는 거야?"

"그만큼 본녀가 그대를 인정하고 애석히 여긴다는 것을 알아주시오. 이런 곳에서 만나지 않았다면, 본녀는 그대를 휘하에 두고서 그 찬란한 재능이 완전히 개화할 때까지 성심껏 도왔을 거요."

'진심으로 하는 말인가?'

백현도 전투에 관해서는 만만찮게 돌아 있기는 했지만, 마룡왕의 말은 이해하기 힘들었다. 저건 오만함인가?

물론, 인정받는 것이 기분 나쁘지는 않다. 저리 말할 만큼 마룡왕이 강한 것도 사실이며, 이해하고도 있다. 하지만 이런 상황에서 아직도?

"얄궂은 일이오."

마룡왕의 얼굴을 감싼 이형의 투구는 흠 하나 나지 않았다. 마치 용의 머리를 형상화한 듯한 투구, 그 눈구멍 안쪽에서 마룡왕의 눈이 차분하게 가라앉았다.

"무가치한 일에 스스로를 던진 것은 그대의 선택이오."

그리 폄하될 일은 아닐 것이다. 사라진 마룡왕을 굳이 쫓지 않으면서, 백현은 그렇게 생각했다.

라이 룽은 전장을 이탈했다. 그녀의 속도라면 이미 안전거리까지 도망쳤을 터. 그것만으로 백현이 이곳에 온 것은 무가치하지 않다. 아니, 그걸 떠나서 마룡왕과 싸울 수 있게 되었다는 것만으로도 충분히 가치 있는 일이다.

'내키지 않는 일이지만.'

심안에 집중했다. 혼돈이 들끓는 어비스에서, 심안은 본래 수준 이상으로 많은 것을 보게 해준다. 지금의 백현이 마룡왕과 어느 정도 대적할 수 있는 것도 그 덕분이었다.

'조금만 더, 싸우다가 빠지는 게 베스트……'

예전이라면 이런 생각도 하지 않았을 것이다. 그때는 마냥 싸우는 것이 좋았으니까.

특히 도원경에서 막 나왔을 때는 이러니저러니 해도 '죽음'이라는 것에 무감각하고, 무공과 싸움 외에 즐길만한 거리도 없었다.

하지만 지금은 아니었다. 하고 싶은 일이 생겼다. 뚜렷한 목적이 생겼다. 그러니, '반드시' 죽어야 할 상황이 아니라면 죽고 싶지 않았다.

'……응?'

급격히 거리를 좁혀오는 마룡왕이 백현을 지나쳤다. 대비하고 있던 백현은 흠칫 놀라 몸을 돌렸다.

그 순간, 백현은 자신의 시야가 '좁았음'을 깨달았다.

라이 룽은 시야에 없었다. 그렇다고 아주 멀리 도망친 것도 아니었다. 공간을 뛰어넘는다는 하미르의 능력을 감안하면, 그녀는 터무니없을 정도로 가까운 곳에 남아 있었다.

'대체 왜?'

"기껏 시간 벌이를 해주려 했더니!"

백현은 노한 목소리로 내뱉으며 땅을 박찼다.

찌지직!

그의 몸이 검은 번개가 되어 공간을 꿰뚫었다. 그러면서 양손에 만든 강기의 구체를 앞으로 던졌다. 천혼광도가 전방을 장악하면서 마룡왕의 뒤를 덮쳤다.

"본녀가 목적을 달성한다면 굳이 그대를 죽일 필요는 없지 않을까 생각했거늘."

마룡왕은 작은 목소리로 중얼거리며 공중에서 몸을 꺾었다. 그녀의 양팔에 끔찍할 정도의 용마력이 어렸다.

쫘악!

휘두른 손톱이 천혼광도의 파도를 그대로 찢어버렸다.

"모른 척하면 편한 일 아니오?"

"그랬으면 오지도 않았지!"

백현은 고함을 지르면서 더욱 내공을 끌어 올렸다. 양의무극회환으로 되돌아온 내공이 새로운 강기공으로 빚어졌다.

파바박!

백현의 몸을 휘감고 있던 호신강기에서 셀 수 없이 많은 검은 꽃잎들이 뿜어졌다. 검화(劍花). 승의 지옥혈잔화와 검황의 일검평천하를 원전으로 삼은 강기공이다. 수백 개의 꽃잎이 검법의 궤적을 그리며 마룡왕 하나를 덮쳤다.

마룡왕은 각기 다른 꽃잎의 궤적에 감탄하면서 몸을 날렸다.

쐐애액!

그녀의 몸이 붉은 선이 되어 수많은 검로의 틈을 꿰뚫었다. 그 도중에 마룡왕의 몸이 크게 꺾였다.

쫘앙!

한 번 손을 휘둘렀을 뿐이다. 그것으로 공간이 터지면서 꽃잎들이 검로에서 벗어났다. 역시 이런 광범위 공격은 강력한 개인을 공격하는 것에 결정력이 부족하다.

그래도 소기의 목적은 달성했다. 마룡왕이 이쪽을 돌아보게 하였으니.

백현은 내공 전부를 육체와 호신강기에 돌리고서 앞으로 돌진했다. 정신이 터질 것처럼 심안에 집중했다. 행동 하나하나를 놓치지 않기 위해서.

손과 손이 부딪쳤다. 아니, 부딪치지 않았다. 타격의 직전에 뒤로 빼서 상체를 돌렸다. 접은 팔꿈치를 낫처럼 휘둘러 턱을, 투구 때문에 조금 아래로 목을.

마룡왕이 공중에서 누웠다. 꼬리는 관절이 없는 것처럼 자유롭게 움직인다. 휘둘러 치는 공격, 즉시 질풍신뢰를 펼쳤다. 뒤를 점하고서 일장을 쏘았다. 그럴 줄 알았다는 듯이 상쇄된다.

기공으로 승부를 볼 상대가 아니다. 그렇다면 근접전으로는 승산이 있나?

애당초 승산이 없는 싸움이다. 너무 바짝 붙어서는 안 된다. 저 용마력은 호신강기로 받아낼 수 없을 만큼 거세다. 최악의 상황에서 질풍신뢰로 벗어날 수 있을 만큼의 틈. 그걸 염두에 두면서.

팔뚝을, 팔꿈치를, 손바닥을, 주먹을, 손가락을, 다리를, 무룡을. 사지를 모조리 써가면서 난타전으로.

눈앞이 핑핑 돈다. 너무 들여다본 심연의 흐름이 정신을 오염시키는 것 같다. 그럼에도 마룡왕이 만들어내는 흐름은 너무나도 선명하게 보였다.

빡, 하는 소리. 서로의 손이 부딪친 소리다.

부서진 것은 백현이었다. 왼 주먹이 재생하는 동안 오른손을 깊숙이 찔렀다. 아까부터 천의무봉을 시도하고 있지만 잘되지 않았다. 마룡왕의 흐름이 이쪽의 흐름을 집어삼킨다.

"어쩐지."

마룡왕의 목소리.

"능력 이상으로 잘 싸운다 하였는데. 그대의 눈은 검무희와 비슷하구려."

이미 들었던 말.

"그로는 부족하오. 검무희는 그대보다 훨씬 많은 것을 보니까."

하지만 심안은 안다고 해서 근본적으로 대처할 수는 없다. 부동(不動)의 무학이라 하여 흐름이 없는 것은 아니니. 그렇다면 보고도 대응할 수 없게.

모든 신격을 죽일 수 있었다고 말한 것이 마룡왕이다. 그 말은 즉, 검무희와의 싸움에도 필승(必勝)을 장담했다는 것이다.

우자의 말이 떠올랐다.

마황은 우자보다 훨씬 빠르다. 우자의 심안은 마황의 움직임을 미리 보지만, 천의무봉을 통해 마황의 모든 공세에 대응하는 것은 불가능하다.

허주는 우자보다 훨씬 힘이 세다. 우자는 허주의 괴력을 완벽히 흘려보낼 수 없다.

무신마는 마황보다 느리고 허주보다 힘이 약하지만, 둘 중 누구보다 빨리 우자의 약점을 파악했다. 무신마가 작정하고 변칙을 섞으면 심안으로도 그 허와 실을 파악하기 쉽지 않지. 그 정도 수준의 고수가 펼치는 허는 언제고 실이 될 수 있으니까.


그게 무슨 뜻인지는 선계에서 심안을 써가며 저들과 싸우면서 깨달았다. 그리고 다시금 깨달았다.

마룡왕은 백현보다 빠르다. 백현보다 힘이 세다. 그러면서 작정하고 변칙을 섞는다.

마룡왕이 허주보다 세고, 마황보다 빠르고, 무신마보다 전투 감각이 뛰어나다는 것이 아니다. 지금의 백현이 마룡왕보다 모든 면에서 떨어진다는 것이 중요할 뿐이다.

심안을 파악한 마룡왕의 움직임이 단번에 바뀌었다. 더 공격적이고 빠르게. 그러면서도 우직하지 않고 기교가 가득해, 확실한 실리를 추구하는 공격.

버겁다. 역겨움이 강해졌다. 배배 꼬이는 흐름이 정신을 완전히 침범해 오염시키는 것 같다.

너무 오래 심안을 뜨고 너무 많은 것을 보았다. 마룡왕이 만들어내는 흐름이 백현을 집어삼키려 했다.

퍼붓는 공격, 그것으로 시야를 빼앗는다. 흘려내기에는 너무 거세서 뒤로 물러섰다. 잡다한 생각을 할 겨를이 없다. 모든 감각을 세워 대응했다.

이 순간에도 백현은 마룡왕의 공격에 익숙해지고 있다. 느리다고 생각한 적이 없던 전투에 대한 성장이, 지금 이 순간만큼은 느렸다.

터억.

그 소리는 뼛속 깊숙이 들어와 심장을 흔들었다. 집중이 깨지고 순간이나마 백현은 저열한 생각을 했다. 지금 같은 상황에서는 누구나 그럴 것이다.

'× 됐다.'

마룡왕에게 양팔이 잡혔다. 여태까지 기를 쓰고서 정면 타격을 피해가며 잡힐 듯 잡히지 않는 것을 반복했는데. 이번에는 벗어나지 못했다.

파바박!

아라크네가 뿜을 수 있는 모든 은사가 쏟아져 나왔다. 얇디얇은 은사였지만 그게 한꺼번에 이만큼이나 풀리니 선명하게 잘 보였다.

백현은 붙잡힌 팔을 빼내기 위해 용을 쓰면서, 동시에 풀어낸 은사로 마룡왕을 공격했다.

달칵.

마룡왕의 얼굴을 덮고 있던 용 머리 형상의 투구가 열렸다. 전투가 벌어지고서, 백현은 처음으로 마룡왕의 얼굴을 보았다.

'어쩔 수 없잖소.'

조금은 울적해 보이고, 안타까워 보이는 붉은 눈이 그렇게 말하는 것만 같았다.

마치 입을 맞추는 것처럼 마룡왕의 입술이 모였다. 아직 해본 적도 없는 첫 키스. 사라의 얼굴이 조금 아른거리기는 했지만, 백현은 마룡왕이 키스하려 든다면 그리 싫지는 않을 거란 생각을 해버렸다. 한때 사라에게 말했던, 자기보다 강한 상대가 좋다는 백현의 말은 틀림없는 진심이었다.

"후우."

당연히, 마룡왕은 백현에게 키스해 주지 않았다. 도톰한 입술 사이로 한 호흡 숨결을 내뱉었을 뿐이다.

푸확!

마룡왕을 덮치던 은사들이 모조리 소멸되었다. 거기에 가득 담겨 있던 백현의 내공이 검은 안개가 되어 흩어졌다. 양의무극회환으로 회수할 겨를이 없었다. 백현은 단전의 내공과 의념까지 끌어 쓰면서, 자신이 쓸 수 있는 최고의 방어절초인 태극연화를 펼쳤다.

숨결에 무시무시한 파괴력이 깃들었다. 백현의 의식이 미쳐 날뛰는 바다를 떠도는 난파선처럼 뒤흔들렸다. 태극연화가 아작 나는 소리가 들렸다.

"기염(氣焰)."

화르륵…….

마룡왕은 입가에 어른거리는 불길을 혀로 핥으며 중얼거렸다.

그녀는 뜯어낸 백현의 두 팔을 힐긋 보고, 아무렇게나 던져 두었다.

"어쩌면 브레스라 하는 편이 이해가 편할지도 모르겠구려."

바닥에 처박힌 백현은 죽지는 않았다. 단지 양팔이 뜯기고, 온몸이 타버렸을 뿐이었다. 태극연화로 막아내고, 질풍신뢰를 펼쳤기에 이만큼으로 끝난 것이다.

'……혼자 오길 잘했다.'

그 와중에 백현은 그런 생각을 했다. 파라넥트가 있기에 망정이지. 사라가 이 공격을 맞았다면 그대로 죽어버렸을 것이다.

'……이걸 어쩐다…….'

백현은 타버린 안구를 깜박거렸다.

'살령.'

여기서 써야 하나. 그걸 진지하게 고민했을 때.

번쩍 빛이 터졌다.

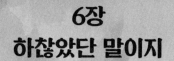

# 6장
## 하찮았단 말이지

휘청거리며 걷던 걸음을 멈추고.

'난……'

욱신거리는 가슴을 부여잡았다.

"뭐 하는 거지?"

굳이 목소리를 내어 중얼거린 것은, 그만큼이나 자기 자신이 한심했기에 한 자학이었다.

등 떠밀려 여기까지, 쓰러질 것 같은 걸음으로 왔다. 그래도 꽤 멀리 왔다. 고개를 돌리면, 용곡은 보이지 않는다.

평소에 그렇게 자존심을 세웠던 주제에. 정작 등 떠밀어 도망가라고 하니, 뭐라 말도 하지 못하고 비틀비틀. 이게 대체 무슨 꼴이란 말인가?

라이 룽은 스스로가 역겨워 뿌득 입술을 씹었다. 이 순간에 도 사라지지 않은 가슴의 통증이 증오스러웠다. 이런 모멸감을 느낄 바에는 차라리 죽어버리고 싶었다.

그러면서. 붉은 광채를 마주하며 등 돌려 서 있던 백현을 떠올린다.

놈은 끝내 이쪽을 돌아보지 않았다. 빚을 갚기 위해 왔다. 그렇게 말하기만 하면서. 몇 번이나 자비를 베풀려는 마룡왕을 상대로 태도를 굽히지 않고.

'정작 나는.'

용곡에 가기로 마음먹고, 이곳에 왔을 때. 내심 체념하고 있었다. 그러면서 용성군의 조력을 기대했다.

그것조차 한심했다. 그리 고개를 뻣뻣이 세우고 다녔음에도 결국 이 모양 이 꼴이지 않나. 예전에 위치엔드가 카르파고에게 쏟아냈던 이죽거림은 카르파고에게만 해당되는 것이 아니었다.

게다가, 이렇게 도망친다고 해서 무엇이 변한단 말인가? 백현은 마룡왕을 쓰러뜨릴 수 없다. 그건 절대 일어날 수 없는 일이다.

결국, 이 상황에서 변하는 것은, 죽는 사람이 늘어난다는 것뿐이다. 백현이 마룡왕과 싸우다 죽을 것이고, 라이 룽도 지금 도망쳐 봤자, 저주를 떨쳐내지 못한 이상 죽게 될 뿐이다. 그렇다면 죽을 사람을 괜히 늘릴 필요는 없지 않은가.

[……나의 딸아.]

몇 번째인지 모를 용성군의 목소리를 듣는다.

**용성군은 오지 않을 것이오.**

**그는 이곳에 올 위인이 아니오.**

마룡왕과 마주했을 때부터가 라이 룽이 그릴 수 있는 최악의 상황이었고, 그 순간에 용성군은 끝내 강신하지 않았다.

외면했을 뿐이다. 사실은 알고 있었다. 마룡왕의 말대로, 용성군은 오지 않는다.

그 이후로 쭉, 용성군은 라이 룽을 불렀다. 우울하기 짝이 없는 목소리로.

신기하게도 라이 룽은 그것을 위선이라 느끼지는 않았다. 그것은 기묘한 납득이었다. 나는 여기서 죽을 수밖에 없구나, 하는 식의 납득. 용성군이 바라고 그리는 대의에 있어, 지금 여기서 내가 죽는 것은 '어쩔 수 없는 것'이라고.

"네."

두려워 외면했던 것일 텐데. 의외로 직시하니 무덤덤했다. 쭉 못 들은 척했던 용성군의 부름에 대답하면서도, 라이 룽의 가슴은 신기하리만치 평온했다.

퀴블러로스가 말하기를 죽음을 받아들이는 단계가 5가지라고 했는데, 그 마지막이 수용이었다. 죽음을 부정하고, 분노하고, 협상하고, 우울하고, 수용한다고.

'난 지금 수용하는 건가?'

그조차도 느낌이 희미했다. 부정, 분노, 협상, 우울. 마룡왕에게 저주를 받고 죽어가며 라이 룽은 분명 그것을 느꼈으나, 정작 그 감정들은 용성군을 향했던 적이 없었다.

[내가 너를 버린다고 생각하느냐.]

"어쩔 수 없는 일이겠지요."

[딸아. 네가 나를 이해하는 것이냐.]

"나는 당신의 권속이며, 당신과 가장 가까운 사도입니다."

질문에 대한 대답 대신에, 라이 룽은 자신과 용성군의 관계를 정의했다.

"당신은 나를 딸이라 부르고, 딸이라 여긴다 하였습니다. ……용성군. 부디 무례라 여기지 마시길."

라이 룽은 심호흡을 한 번 하고서 물었다.

"당신은 내 죽음에 안타까움을 느끼고 계십니까."

[당연히.]

"나의 죽음이 당신이 바라는 대의에 어쩔 수 없는 희생입니까."

[…….]

"……내 감정은 당신에 의해 절제되고 있습니까?"

침묵하는 용성군에게, 라이 룽은 마지막으로 질문했다. 용성군이 긴 한숨을 내쉬었다.

[……감정이란 온전히 너의 것. 네가 나의 사도라지만, 그 감정까지는 네가 어찌 손을 댈 수가 없단다. 만약 그것이 가능했더라면 나는 널 딸이 아닌 장기짝으로 여겼을 게다. 그리 여긴다면 네게 슬픔을 느낄 이유가 없지 않으냐.]

그 대답에 라이 룽은 엷은 미소를 머금었다.

[너는 나를 원망하고 있느냐.]

"원망하지 않습니다."

[마룡왕의 원한이 나로 인한 것인데도?]

"……백 년 남짓 사는 사람에게도 말하지 못할 일들이 있고, 어쩔 수 없는 관계가 있는 법입니다. 수백 수천 년을 살아온 당신에게 말 못 할 비밀과 인과가 있음을 어찌 이해하지 못하겠습니까."

[……네가 죽는다면, 네 혼은 신비경에 인도되어 언젠가 환생하게 될 것이다.]

"용으로 태어나고 싶습니다."

[너뿐이구나.]

용성군이 말했다. 그 말에 라이 룽은 자신도 모르게 걸음을 멈추었다.

[딸아. 마룡왕의 비아냥거림에도 너는 나를 의심하지도, 원

망하지도 않는구나.]

"……."

[내 머뭇거림이 너무나 길었다. 이 지구에는 수많은 인간이 있겠지만, 너 외에 누가 나의 친애를 받을 딸이 되겠느냐?]

무언가가 일어나려 한다. 라이 룽은 본능적으로 그것을 느꼈다.

걸음을 멈춘 그녀는 손끝이 바들거리며 떨리는 것을 보았다.

[마룡왕은 대적(大敵)이기에 나의 힘으로도 어찌할 수 없을 것이다. 어쩌면 바뀌는 것이 없을지도 모른다. 하나 딸아. 나는 너의 죽음을 이리 묵과할 수 없겠다.]

우우우.

손끝의 떨림이 전신으로 퍼졌다.

라이 룽은 그 자리에 못 박힌 듯 서서 바르르 몸을 떨었다. 신비경에서 신수들을 소환할 때에 느끼는 특유의 감각. 그것은 여태까지 단 한 번도 느껴본 적 없는 미지의 감각이 되었다.

[너는 오늘 용이 될 것이다.]

우주가 몸 안으로 들어오는 것 같았다. 아니, 우주가 들어오는 것이 아니라 내가 우주가 되는 것인가. 라이 룽은 인지할 수 없는 초월적인 일체감에 몸을 떨었다.

사도라 한들 인간에 지나지 않는다. 하지만 지금은 아니었다. 신비경의 지배자인 용성군의 신력이 라이 룽에게 깃들었다.

가슴의 저주는 그대로였으나 라이 룽은 더 이상 통증을 느끼지 않았다. 대신에 황홀할 정도의 충족감을 느꼈다. 지금 그녀는 신과 하나가 되고 있었다.

'이건……'

공간을 관통해 온 빛에 밀려나며, 마룡왕은 두 눈을 부릅떴다. 비늘이 으스러지는 것이 보인다.

그것만으로 실로 대단한 공격이다. 만약 다른 이가 이런 공격을 하였다면, 마룡왕은 진심으로 상대에게 찬사를 주었을 것이다.

하지만 지금은 아니었다. 마룡왕의 가슴을 채워가는 것은 상대에 대한 찬사가 아닌 거대한 분노였다. 아니, 그 감정은 단지 분노만으로 정의할 것이 아니었다. 환희, 경멸, 당황…….

백현도 놀랐다. 양팔이 재생되는 것을 기다리며 살령의 사용을 고민하던 그는, 저 갑작스러운 공격에 크게 놀라 벌떡 일어섰다.

'누구지?'

라이 룽이라는 생각은 할 수가 없었다. 그녀에게 저만한 위력을 가진 공격은 절대 무리였으니까.

하지만 절대라는 것은 어지간해서는 없는 법이다. 급속도로 가까워지는 기척은, 굉장히 낯설면서도 아주 못 알아볼 정도는 아니었다.

"용성군!"

뻐어어엉!

몸을 억류하던 브레스를 떨쳐낸 마룡왕이 고함을 질렀다.

화아악!

황금색의 바람이 휘몰아쳤다. 금풍(金風)을 몸에 두른 사도가 강림했다.

"……룽?"

백현은 넋이 나가 그녀를 올려보았다. 라이 룽은 아까 보았을 때와 전혀 다른 모습이 되어 있었다.

다홍색 용포(龍袍)를 몸에 휘감은 그녀의 팔다리는 녹색 비늘에 뒤덮였고, 마룡왕의 저주가 새겨졌던 가슴 한복판에는 깊은 상처 대신에 금색의 큼직한 구슬이 박혀 있었다. 나부끼는 혹발 안쪽에는 구불구불한 나뭇가지 같은 모양의 뿔이 돋아 있었다.

"다행이다."

광채를 발하는 두 눈이 백현을 내려 보았다.

백현은 라이 룽에게 무슨 일이 일어난 것인지 알았다. 과거 박준환이 펼쳤던 강신과는 질적으로 다른 진정한 강신(降神).

백현은 반쯤 입을 벌리고서, 인간의 몸에 내리 앉은 용신을 보았다.

"아주 늦지 않았구나."

목소리에도 평소와 다른 울림이 섞여 있었다.

잠시 동안 라이 룽은 다양한 감정을 담아 백현을 쳐다보았다. 뜯겨 나간 양팔과 새카맣게 타버린 몸뚱이가 재생하는 것은 어찌 보면 혐오스러울 수도 있을 광경이었지만, 라이 룽은 안타까움과 고마움, 그리고 확인하고 싶지 않은 감정의 삐걱거림을 느꼈다.

고맙다. 그 말이 턱 끝까지 차올랐다. 하지만 라이 룽은 그걸 소리로 내뱉지 않았다. 마룡왕이 건재하여 이쪽을 노려보고 있었기 때문이다.

"……당신은 틀렸습니다."

라이 룽은 억눌러 놓은 목소리로 말했다.

"당신은 용성군이 절대로 오지 않을 것이며, 이곳에 올 위인이 아니라고 하였지요. 틀렸습니다. 용성군…… 나의 군주는, 이곳에 와주셨습니다."

"……그대는 용성군이오, 아니면 그 권속인 계집이오?"

마룡왕은 두 눈을 가늘게 뜨고 라이 룽을 노려보았다.

라이 룽은 크게 숨을 한 번 삼키고서 대답했다.

"둘 다일 수도 있고 아닐 수도 있을 겁니다."

"농 짓거리를 하고 싶은 마음은 없소만."

코웃음 섞인 대답이 돌아왔다.

"조잡한 그릇에 물을 부어봐야 얼마나 많은 물이 담길까 궁금하구려. 후후…… 틀렸다…… 본녀가 틀렸다고?"

중얼거리는 말에 자조가 섞였다. 분노가 달구어진다. 머나먼 옛날부터 품었던 분노가 지난 세월을 삼켜가며 더 강하게 타올랐다.

"용성군은 오지 말았어야 했소."

마룡왕의 분노는 더 이상 차갑지 않았다. 투기와 용마력에 휘감긴 마룡왕의 몸뚱이가 폭발 직전의 화산처럼 뒤흔들렸다.

"오지 말아야 했단 말이오."

그랬더라면 딱 그만큼의 증오만 남았을 것이다. 하지만 와버렸다. 그게 가증스러웠다.

용성군을 죽이고자 시도했던 것이 대체 몇 번이었나? 저 원수의 낯짝을 보고자 어비스를 들쑤시고 떠돌아다녔었다.

모든 신격을 죽이고 어비스의 주인이 되겠다고 마음먹었을 때, 가장 먼저 살생부에 오른 것이 용성군의 이름이었다.

용성군이 기를 쓰고서 피해 다니지만 않았더라면 진즉에 그 낯짝을 보고 머리를 뽑아버렸을 것이다.

그렇게 도망 다녔으면서. 고작 이런 일로 강신한 것이 가증스럽다.

고작 저깟 사도를 구하려 드는 것이 용성군의 대의인가? 그렇다면 그의 동조에 휩쓸려 몰살당한, 용맥이란 이름의 외진 터에서 평생을 쥐 죽은 듯이 살던 마룡들의 목숨은 저 인간보다 하찮았단 말인가?

마룡으로 태어났다는 이유만으로 자유를 박탈당하고 평생을 억압받으며 살다가 손바닥 뒤집듯이 바꾼 결정에 몰살당한! 자식으로 마룡을 낳았다는 것이 죄라며 덩달아 감금당한 어미 용들.

"……내 어머니의 목숨이."

후욱.

"내 동족의 목숨이 저 벌레보다 하찮았단 말이지?"

신적 존재가 서로 격돌했다.

백현의 혼돈의 흐름이 미쳐 날뛰는 것을 보았다. 용성군 본인이 오지 않았다지만 지금의 라이 룽은 용성군의 신격을 그대로 사용한다.

그것만이 전부가 아닌 듯했다. 라이 룽은 놀라울 정도로 '잘' 싸웠다.

'고래 싸움에 낀 새우도 아니고.'

그만큼 작지는 않지. 작은 고래 정도는 될까.

백현은 비틀거리며 일어섰다.

충돌이 일어날 때마다 공간이 박살 나고 거기서 혼돈이 회오리친다. 하지만 회오리치는 혼돈은 넘쳐흐르지 않고 신기루처럼 일렁거리다가 다시 용곡의 풍경을 만들어냈다. 두 신적 존재의 싸움으로 애꿎은 공간이 무수히 살해당하고 다시 태어나고 있었다.

백현은 이쪽으로 날아오는 힘들을 걷어내면서 재빨리 움직였다. 우선해서 챙긴 것은 마룡왕이 뜯었던 양팔. 팔은 이미 사라져 있었지만, 다행히 아라크네는 소실되지 않고 덩그러니 남아 있었다.

그걸 챙겨 착용한 뒤에, 하늘을 올려다보았다. 서로 다른 색의 두 빛이 격돌하고 있었다.

라이 룽이 잘 싸우기는 했지만, 그래도 안 된다. 용성군의 신격 어린 금풍이 마룡왕의 용마력을 집어삼키지만, 마룡왕은 그걸 역으로 찢어가며 라이 룽을 압박했다.

다른 사람이 보면 대등하다 여길지 모르지만, 백현은 전투의 흐름이 마룡왕에게 기우는 것을 똑똑히 알 수 있었다.

"왜 다시 돌아와서는."

라이 룽의 저주에 대해 제대로 알지 못했기에, 백현은 볼멘소리로 중얼거렸다. 왜 리셀이 둘이 싸우는 이유를 제대로 알려주지 않았는지가 답답했다.

'어쩌면 일부러 알려주지 않은 걸지도 몰라.'

그걸 모르고서 무작정 덤비는 것이 오라클로 본 최적의 미래인가. 아니면 예측에 더하지 않은 변수를 기대한 걸까.

그래도 마룡왕의 말 덕에 그녀가 왜 용성군에게 원한을 품은 건진 알겠다. 아무래도 용성군과 관계된 일에 의해 동족과 친어머니가 살해된 모양이었다.

그것을 알게 되니 마룡왕 쪽으로 마음이 기울지만, 솔직히 그건 용성군의 잘못이 아닌가? 라이 룽이 그의 사도라지만, 무턱대고 죽이게 두는 것을 가만 볼 수도 없는 일. 뭐가 어찌 되었든, 라이 룽이 돌아왔다고 해서 도망칠 수는 없었다.

"……조금은 버티겠지."

사방에서 신적인 힘들이 휘몰아치고 있었지만, 백현은 그 자리에 냅다 주저앉아 가부좌를 튼 후, 두 눈을 부릅뜨고서 라이 룽과 마룡왕의 싸움을 지켜보았다.

그리고 준비에 들어갔다.

'아!'

상식과 가치관이 박살 나는 것은 전율적인 쾌감의 향연이었다.

그녀는 이미 몇 년 전부터 용성군의 사도였으나, 여태까지 사도라 자처했던 것을 부끄럽게 느꼈다. 왜 마룡왕이 인간을 하찮다고 말한 것인지도 이해했다.

용성군을 강신시킨 라이 룽은 인간과 신의 경계에 서 있었다. 지금의 그녀가 느끼기에도 인간은 하찮기 짝이 없는 존재임이 틀림없었다.

몸 안에서 우주가 느껴진다. 의지가 번뜩일 때마다 끝이 없는 것 같은 신력이 기적을 일으킨다. 황금의 바람은 여태까지 다루었던 그 어떤 바람보다 위대했다. 저것은 바람이란 형태로 빚어낸 기적의 체현이었다.

그 상대인 마룡왕은. 여전히 분노했고, 여전히 증오했다. 용성군이 저깟 인간을 돌보고자 강신했다는 것은, 그녀가 평생 살며 느꼈던 것 중 손에 꼽히는 분노를 선사해 주었다.

마룡왕은 군주가 되어본 적이 없기 때문에 인간을 사도로 삼는다는 것이 어떤 의미인지 모른다. 하나, 조악하기 짝이 없는 그릇에 담기는 물의 양에는 분명 한계가 있게 마련이다.

군주가 되어본 적이 없다지만, 군주의 힘을 저만치나 인간에게 부여하기 위해서는 그만한 페널티를 안아야 할 것이 당연했다. 이해가 안 된다. 그래서 더 분노했다.

마룡왕이 아는 용성군은 대의란 것을 위해 자잘한 것의 희생을 묵과하는 자였다. 그런 용성군이, 저 인간을 살리기 위해 직접 강신했다고?

그래, 차라리 강신하여 확실한 승리가 보장된다면 아주 이해하지 못할 것도 없으리라.

하지만 지금은 어떤가? 강신을 통해 휘두르는 신격이 매섭다는 것은 인정한다. 그러나, 저 인간은 용성군 본인과 비교해서 확실한 격차를 가지고 있었다. 즉, 아무것도 바뀌지 않는다는 것이다. 저 인간은 이곳에서 죽는다. 용성군이 강신했다지만 죽는 것은 변함이 없다.

"한참."

투구 너머에서 마룡왕의 목소리가 끓었다.

"한참, 부족하단 말이오. 본녀를 죽이기에는! 이깟 힘으로 부족하오······!"

아무것도 바뀌지 않는데도 강신한 용성군을 이해할 수 없다. 대의랍시고 용곡을 몰살시킨 용성군이, 고작 인간 하나를 살리기 위해 강신했다는 것은 마룡왕이 보기에는 위선의 극치였다.

아, 그래. 사실 그는 처음부터 위선자였던 게지.

'무엇을 기대했단 말인가?'

금풍이 찢긴다. 손톱이 뭉개졌지만 마룡왕은 개의치 않고 그 안으로 몸을 들이밀었다. 신기(神氣) 어린 라이 룽의 눈과 마룡왕의 눈이 마주쳤다.

저 눈빛은 용성군과 닮아 있었고, 라이 룽의 가슴에 박혀 영롱한 빛을 내뿜는 구슬은 용성군의 여의주(如意珠)였다.

"제천군(諸天君)이 어찌 죽었는지 아시오?"

라이 룽의 목을 향해 손을 뻗으며, 마룡왕이 소곤거렸다.

용성군과 마룡왕의 아버지였던 제천군. 마룡왕이 그 목숨을 직접 끊었었다.

"그 순간을 본녀는 평생 잊지 못할 것이오. 용곡이 몰살당했던 밤, 본녀가 사명으로 삼았던 것 중 처음을 달성한 날이 바로 그 순간이었으니."

라이 룽이 몸을 뒤틀었다. 신력에 휘감긴 손이 나아가며 마룡왕의 손과 맞닿았다.

쿠우우웅!

정반대의 힘이 서로 뒤섞이며 반발했다.

"제천군의 표정은, 본녀가 보았던 그 어떤 표정보다 진실되고 커다란 경악을 띄고 있었소. 무수한 세월이 흐른 뒤의 재회였지만, 그는 첫눈에 본녀를 알아보더군⋯⋯! 설마 용곡의 생존자가 있었고, 그 생존자가 본녀일 것이라고는 상상도 하지 못했다는 얼굴이었어!"

라이 룽의 눈썹이 찡그려졌다.

파앙!

밀었던 손을 빼면서 재빨리 뒤로 몸을 물린다. 그러면서 반대쪽 손을 내지르니 마룡왕의 전진을 가로막는 금색 장벽이 만들어졌다.

"경악한 제천군을 향해, 본녀는 환히 웃으며 말해주었소. 당신이 죽였다 생각한 그 딸이 맞노라고! 힘든 싸움이었소, 그래, 정말 힘든 싸움이었지."

마룡왕의 입술이 모였다.

콰르르릉!

토해낸 기염이 장벽을 밀어냈다. 라이 룽의 몸도 함께 뒤로 밀려났지만, 새로이 만들어진 장벽들이 수십 겹 덧씌워지며 마룡왕의 기염을 막아냈다.

그러자 마룡왕은 토해낸 기염을 오른손에 휘감더니, 그대로 주먹을 장벽을 향해 내려찍었다.

"수십 일을 싸운 뒤. 본녀는 제천군의 여의주를 뽑아냈소. 증오와 한탄 속에서 죽어가는 제천군의 숨이 멎기 전에, 그가 보는 앞에서 여의주를 통째로 씹어 먹어주었지……!"

쩌엉!

장벽이 깨졌다. 그 순간이었다.

쉬리릭!

흩어졌던 바람이 뭉치더니 마룡왕을 등 뒤에서부터 덮쳐 난도질했다. 견고하던 비늘이 찢기고 피가 뿜어졌다.

하지만 마룡왕은 고통 따위는 모른단 듯이 큰 소리로 웃었다.

"본녀는 왜 그대가 여기에 왔는지 모르겠소."

오히려 등 뒤에서의 공격을 가속으로 삼았다. 확 하고 마룡왕이 다가왔다.

"그 인간을 그리도 구하고 싶었소? 언제부터 그대가 그리도 상냥했었다는 게요."

[……네게 상냥하지 않았던 적은 없다.]

라이 룽의 목을 휘감으려던 마룡왕의 손이 멈칫 굳었다. 머릿속에 들려온 것은 틀림없는 용성군의 목소리였다.

그 찰나의 순간에 라이 룽은 재빨리 움직여 마룡왕의 거리에서 벗어났다. 그리고 손가락을 쭉 뻗어 앞을 겨누었다.

고오오!

금풍이 모이며 브레스의 시동을 걸었다.

[네가 태어나고 얼마 지나지 않아 신비경에 지냈을 때를 기억한다. 신비경의 용과 신수들 모두가 너를 마룡이라 배척하였을 때. 오직 나는.]

"닥치시오."

꽈아앙!

브레스가 쏘아졌다. 마룡왕은 크게 숨을 삼키며 상체를 뒤로 젖혔다.

화아악!

마주 쏜 기염이 브레스를 상쇄시켰다.

[네가 화조명(花鳥鳴) 님과 함께 용곡으로 유폐가 결정된 날. 그 밤 몰래 너를 찾아가 위로해 준 것이 바로 나였다.]

[감히 그 이름을……!]

서로 상쇄된 공격만으로 공간이 다시 재탄생했다. 마룡왕의 기염이 더욱 맹렬한 기세로 라이 룽의 브레스를 밀어냈다.

[본녀는 그래서 그대가 싫소. 그대는 결국 배다른 동생에게서 원망을 듣고 싶지 않았던 것뿐이오. 그 위선의 절정이 용곡의 마지막이었지! 제천군이 화조명, 본녀의 어머니를 죽였을 때. 그대는 하미르와 그 패거리를 이끌고 본녀의 동무들을 살해했소. 살려달라 애원하는 어린 마룡들을 무자비하게!]

[……어쩔 수 없는 일이었다.]

[그 순간에 그대가 무슨 말을 하였는지, 본녀는 아직도 기억하고 있소. 대의를 위해 어쩔 수 없다고! 그리 말하였지……!]

꽈르르릉!

마룡왕의 기염이 끝내 라이 룽의 브레스를 집어삼켰다. 라이 룽은 열린 공간 속으로 급히 몸을 날려 기염의 포착 영역에서 벗어났다. 기염이 휩쓴 대지가 흔적도 없이 소멸했다.

"……본녀의 증오를 이해하지 못한다 말할 테요?"

소멸한 대지가 재구성된다.

마룡왕은 그것을 내려 보며, 입가에 넘실거리는 화염을 혹하고 내뱉었다.

"그때 그대는 아주 큰 실수를 해버렸소. 무더기로 죽어 나간 마룡들의 시체를 뒤져, 본녀의 죽음을 확인해야 했어. 그랬더라면 제천군도 죽지 않았을 것이고, 오늘이 오지도 않았을 거요."

공간이 다시 열리며 라이 룽이 걸어 나왔다. 그녀는 새로이 만들어진 대지 위에 서서 마룡왕을 올려보았다.

마룡왕은 여전히 침착한 라이 룽의 얼굴을 내려 보면서 킬 킬 웃음을 흘렸다.

"인간이 저만한 신력을 발휘한다는 것은 대단한 일이오. 하지만 상대가 바로 이 마룡왕이오. 무령이나 천존 같은 버러지라면 어울리는 싸움이 될 수도 있겠으나, 이 마룡왕을 도모하기에는 한참이 부족하오."

"……"

라이 룽은 대답하지 않았다. 의식은 선명하였으나 몸의 움직임은 용성군의 보조를 받고 있다.

그렇다고 해서 대화의 자유마저 없는 것은 아니지만. 라이 룽은 지금의 대화를 이끌어야 할 것이 자신이 아님을 잘 알고 있었다.

[……널 죽이기 위해 온 것이 아니다.]

용성군이다. 여전한 그 목소리에 마룡왕은 다시 한번 경멸을 느꼈다.

[하면 목숨을 구걸하기 위해 온 것이오?]

[구걸이라 하여도 어쩔 수 없구나. 나는…… 더 잃고 싶지 않을 뿐이다.]

[하하! 이제 와서? 그대는 뼛속부터 본녀와 다르군. 반절이라지만 같은 피가 흐를 텐데도!]

마룡왕은 한껏 조롱을 퍼부었다.

[본녀는 그대의 아비를 죽였소! 그뿐인가? 멸룡전(滅龍戰)에서 무수히 많은 용을 학살한 것이 바로 본녀요. 그런데 그대는 조금도 본녀를 증오해 죽이고 싶어 하지 않아 하는구려.]

[……어찌 증오할 수 있겠는가?]

용성군이 긴 탄식을 흘렸다. 마룡왕에게는 그 말이 참 이상하게 들렸다.

[왜 증오할 수 없다는 거요?]

[내 아버지의 죽음도, 멸룡전이 일어난 것도, 내 동족들이 죽은 것도. 다 나에게서 비롯된 일인데…… 어찌 너만을 증오하겠느냐. 네 증오는 타당하나 내 증오는 결코 타당할 수 없다.]

[본녀를 죽이지 못한 것 말이오? 하하, 이거 또 대단한 위선을 늘어놓으시는군. 그렇게 제 탓인 양 군다면 본녀가 그대를……]

[죽이지 못한 것이 아니다.]

라이 룽은 움직이지 않고 그 자리에 여전히 서 있었다. 몸이 움직이지 않았다.

마룡왕과 용성군 사이의 대화는 그녀의 귀에 들리지 않았다. 무슨 일이십니까? 그리 물었지만, 용성군의 대답은 돌아오지 않았다.

[죽이지 않았다. 죽일 수가……. 없었다.]

마룡왕의 표정이 굳었다.

[네가 웅크려 숨었음은 알았다. 그 자리에서 오직 나만이 눈치챘다. 나만이 입을 닫고 모른 척한다면 될 일이라 생각했다. 이 끔찍한 학살은 대의를 위해 어쩔 수 없는 일임도 알고 있었다.]

대체 무슨 말을.

[야화(野火). 웅크려 숨은 네 얼굴은 보이지 않았고, 그 얼굴은 내가 알던 얼굴과 많이 달랐을 테지만. 그때에 나는 네 얼굴이 계속 아른거렸다. 그래서…… 대의를 외면했다.]

용곡이 몰살당한 날 이후로 들은 적이 없고, 스스로도 저버렸던 아명(兒名)이 불렸음에도 마룡왕은 뭐라 대꾸하지 못했다.

[용곡의 마룡 중 하나가 재앙을 일으킬 것이란 예언이 없었더라면 그 끔찍한 학살도 일어나지 않았겠지. 모두 죽였느냐 묻는 아버님의 질문에 나는 모두 죽였노라고 대답했다. 그 후에 스스로를 마룡왕이라 일컫는 마룡이, 마룡을 규합하고 멸룡전을 일으켰을 때. 나는 네 얼굴이 떠올랐지만 그럴 리 없다고 생각했다.]

[……본녀를 현혹하지 마시오.]

[아버님이 토벌을 위해 떠났을 때, 나는 용족의 새로운 지배자가 되기 위한 마지막 수행을 위해 떠날 수 없었다. 수십 일이 지나고 아버지의 머리가 보내졌을 때. 나는……. 그때가 돼서야 돌이킬 수 없는 실수를 했음을 깨달았다.]

마룡왕의 눈이 흔들린다. 그 감정에 따라 그녀의 몸을 휘감은 용마력도 빛을 잃어갔다.

[네 증오는 타당했다. 미웠겠지. 당연히 그럴 수밖에…… 하지만 나는 널 증오할 수 없었다. 너를 죽일 수 없던 것이 나였고, 멸룡대전을 일으킨 것도 나였으며, 아버지를 죽게 한 것도 나였다. 책임을 지려 했지만 너는 너무 강했다. 결과적으로 너와 나는 완전한 신격을 얻어 세상에 함부로 날뛸 수 없는 신이 되었고, 그렇게 멸룡전은 끝이 났다.]

[……왜 이제 와서 그런 말을 하는 것이오? 그대의 말이 이 상황을 회피하기 위해, 본녀를 현혹해 자비를 희망하는 거짓임을 어찌…….]

[그럼 내가 무엇을 해야 했느냐? 내가 늦었음을 깨달았을 땐 이미 네 손에 아버지가 죽었고, 용족 전체가 마룡왕이란 이름을 저주하고 있었다. 맞서 싸우기에는 넌 너무나 강했고, 그렇다고 네게 진실을 말해 전쟁을 멈추기에는 너와 용족의 증오의 골이 너무 깊이 파여 있었다.]

그래서 입을 다물고 있었다고?

[용족을 이끌 지도자는 나뿐이었다. 네게 진실을 말한다 하여 네가 자비를 베풀리란 보장이 그 당시에는 없었다. 왜 왔느냐고 물었지? 더 잃고 싶지 않았기 때문이다. 이 아이를 구하는 것이 대의인지는 모르겠으나, 나는 이 아이의 죽음을 묵과하고 싶지 않았다. 그 날 용곡에서 널 살렸듯이 말이다.]

어긋난다. 마룡왕의 머릿속에 있던 용성군의 인식이 어긋나서 뒤틀렸다.

사실이라 생각하고 싶지 않았지만, 용성군이 그간 보였던 행동과 용곡에서 홀로 살아남았다는 기적은 용성군의 말을 확실히 받쳐주는 근거였다.

[네가 마룡의 신이 되고 내가 용족의 신이 되면서, 멸룡전은 끝났다. 그것으로…… 되었다고 생각했다. 증오의 골은 여전했으나 더 깊어지진 않을 테고, 시간이 흐르면서 나아지리라 생각했지. 설마 어비스로 통하는 문이 열려, 이곳에서 너와 다시 만나기 전에는 말이다.]

용성군의 목소리는 계속해서 마룡왕을 뒤흔들었다.

[아버지의 죽음과 동족의 죽음에 대한 증오는 나 자신의 죄의식으로 희미해졌지만. 난 여전히 너와 마주하는 것이 두렵고 죄스러웠다. 하지만 어비스에서 도망칠 수 없었다…… 혼돈의 근원은 누구의 손에도 들어가선 안 되었고, 내게 있어서 그를 막는 것이 대의였다. 네가 두려워 피해 다니면서도 어비스에서는 도망치지 않은 것은, 이번에는 대의를 외면하고 싶지 않았기 때문이다.]

대체 무엇이 진실이고 거짓인가. 나는 여태까지 무엇을 진실이라 여기고서 증오했나.

"……너무 늦었소."

미혹을 끊어냈다 치기에는 작은 목소리였다. 하지만 마룡왕은 그렇게 내뱉었다.

그녀는 흔들리는 용마력을 새로이 무장했다.

"너무 늦은 고해는 안 하느니만 못한 게요. 그대를 오라버니라 부르던 화야는 용곡에서 함께 죽었소. 그대가 죽이지 않았다 해도, 모든 것을 보고 살아남은 본녀는 어린 화야를 죽이고 마룡왕이 되었소."

감정의 떨림을 무시하고.

"그러니 본녀는……."

이어지던 말이 뚝 멈추었다.

마룡왕은 서늘한 한기를 느끼며 급히 고개를 돌렸다.

팟.

모든 것이 어둡게 되었다. 갑작스러운 밤이 찾아왔다.

"이 타이밍에 끼어들어도 될지는 잘 모르겠는데."

중얼거리는 말이 드리운 어둠 속을 떠돌았다.

"내 준비가 끝나서 어쩔 수 없었어."

# 7장
# 고마워

'이게 뭐지?'

마룡왕은 휙 고개를 돌렸다.

아무것도 안 보인다. 방금 전까지 보고 있던 용성군도. 목소리의 주인인 백현도.

시선을 내려 자신의 몸을 살핀다. 이 짙고 끈적거리는 어둠 속에서도, 그녀의 몸뚱이는 이질적인 것처럼 잘 보였다.

낯설지 않았다. 마룡왕은 이런 어둠을 이미 겪어본 적이 있었다. 혼돈에 침식되어 영원과 같은 5년을 잠들어 악몽을 배회할 때. 마룡왕은 이러한 어둠 속에 있었다.

"대체 무슨 수작을……."

"하늘을 부수기 위해서는 하늘을 알아야 해."

백현이 중얼거렸다.

"알기 위해서는 먼저 제대로 보아야지. 심안은 많은 것을 보게 해줘."

"뭐라고……?"

"제대로 써보는 것이 처음이야. 몇 번이나 머릿속에서 시뮬레이션을 해보면서, 실패하지 않는다는 확신은 얻었지만…… 써볼 수는 없었지."

선계에서도. 그리고 천공성의 전투 공간에서도.

"너무 위험하겠다 싶었거든. 직접 만들기는 했지만 이건 통제해도 원하는 수준에서 끝나지 않는 미완성이야. 시간도 꽤 걸리고."

우우우.

어둠이 준동한다.

마룡왕은 섬뜩한 기분을 느끼면서 용마력을 전신에 휘감았다.

"내키지 않았지만, 미완성인 걸 알면서도 남길 수밖에 없었어. 그건 머릿속의 시뮬레이션으로 안 되더라고. 일단 제대로 알기 위해서는 써봐야 하는데, 써볼 수가 없었으니까. ……음, 그러니까."

목소리의 위치를 찾는다. 이건 예전에 겪은 악몽과 닮았지만, 결코 그 악몽의 재현이 아니다. 잘 보면 어둠의 밀도가 낮다. 집중한다면 파훼할 수 있고 지껄여 대는 위치도 파악할 수 있다.

"내가 굳이 왜 이런 말을 하는 것 같아?"

갑작스러운 질문.

마룡왕은 코웃음을 치며 대답해 주었다.

"허세를 부리고 싶은 것 아니오?"

"고작 그 이유로 입 아프게 떠들었을까? 네가 나보다 약하다면 훈수랍시고 늘어놓았겠지만, 나보다 훨씬 강한 네게 이런 말을 하는 것은 다 그만한 이유가 있는 거야. 지금 이 '말'들도 그렇고."

"대체 뭐요?"

"네가 듣고 있잖아."

실수다.

"들으면서, 가만히 있어줬잖아. 말했지? 미완성이라 시간이 오래 걸린다고."

용성군에게 의외의 말을 들으면서 너무 정신이 풀어졌다. 전투에서 이런 경험이 거의 없었는데, 긴장을 풀어버렸다. 아니면 어찌 되어도 압도적이라는 자신의 힘에 취했는가? 평생 원수로 여겼던 용성군을 대면했고, 그가 늘어놓은 말들에 현혹되었나? 원치 않은 미혹이 정신을 붙잡았나?

이 이해할 수 없는 현상이 일어난 순간, 즉시 대응해야 했다. 상대가 나보다 약하다고 해서 우습게 봐서는 안 되었다. 과거의 악몽을 떠올리며 행동 대신에 경계를 한 것부터가 실수였다.

"이제 됐어."

백현은 어둠의 중심에서 심안을 뜨고 있었다. 그는 활짝 펼친 양손으로 무언가를 움켜쥐고 있었다.

뚜둑, 찌직.

그런 소리가 멈추지 않고 들렸다. 양팔이 파들거리며 떨렸다. 양팔이 몇 번이나 박살 나고 재생되는 것이 반복된다. 그런데도 감각은 사라지지 않고, 오히려 재생할 때마다 더욱 예리해졌다. 그것은 다행이면서도 끔찍했다.

팔에서 전해지는 고통은 여태까지 백현이 느낀 모든 고통을 더한 것보다 강렬했다.

솔직히 비명을 지르고 싶었다. 그것을 꾹 눌러 참는다. 그만큼이나 중요했기에, 집중했다.

이 공간의 모든 흐름이 백현의 손에 얽혀 있었다. 마룡왕과 라이 룽의 싸움에서 공간이 수십 번 살해되고 재구성되는 것이 천운이었다.

예전에 어비스에서 처음 심안을 뜨고, 혼돈에 손을 들이밀었을 때, 백현은 끝내 버티지 못하고 팔이 뜯겼다. 우자가 말했던 것처럼 너무 강한 흐름은 오히려 이쪽을 집어삼킨다.

라이 룽과 마룡왕의 싸움으로 공간이 파괴되면서. 굳이 심안을 뜨지 않아도 될 정도로 혼돈이 회오리쳤다. 심안을 뜸으로써 보다 '잘' 흐름을 보게 되었고, 천의무봉을 통해 그에 간섭했다. 파천(破天)은 그런 무공이다.

예전의 파천은 그저 의념을 쏟아내 공간을 파괴한 것에 지나지 않았지만. 선계에서 심안과 천의무봉을 얻고, 백현의 무공이 크게 진보하면서 파천은 새로이 탄생했다.

노리는 위치의 모든 흐름을 손에 쥐고서, 거기에 강력한 의념을 쏟아낸다.

부순다는 일념(一念).

실수를 깨달은 마룡왕이 용마력을 폭사시켰지만 이미 늦었다. 어둠이 찾아온 순간 파천은 시작되었다. 혼돈의 흐름이 너무 거세, 생각 이상으로 '부수는 것'에 시간이 걸렸지만. 마룡왕에게 말을 거는 동안 시간은 충분히 끌었다.

'해도 될지 모르겠지만.'

조금 두려웠다. 이런 감정은 또 처음이었다.

두려움은 몇 번이나 느꼈던 것이지만, 이걸 정말 해도 괜찮은 것인지…… 하는 두려움은 굉장히 낯설었다.

하지만 분명한 것은, 이게 지금 백현이 할 수 있는 최강의 공격이라는 것이다.

'그렇다면 할 수밖에 없다.'

백현은 크게 숨을 삼키면서 의념을 집중했다.

파아앗!

마룡왕이 뿜어낸 붉은빛이 어둠을 밀어낸다. 그건 가히 신위(神威)라 할 만했다.

마룡왕의 용마력은 어둠을 뚫고 나아가 백현의 근처에서 소멸했다. 더 시간을 끌다가는 무너뜨리기 전에 이쪽이 깨져 버린다.

찌지직…….

후들거리는 팔에서 피부가 벗겨진다. 피는 튀어 오른 순간 증발해 사라진다. 팔의 원형을 유지하는 것에 집중하고, 흐름을 놓지 않고.

[……가 감탄합니다.]

확 잡아당겨 뒤틀었다. 잡혀 있던 모든 흐름이 서로 뒤엉키는 것이 보인다. 이쪽을 집어삼키는 거대한 흐름이 천의무봉과 백현의 의념에 따라 서로를 잡아먹었다.

붕괴가 시작되었다.

'날뛰어……!'

마룡왕은 섬뜩한 기분을 느끼면서 급히 몸을 움직였다. 한 치 앞도 보이지 않는 어둠 속이었지만 어떻게든 움직여야만 했다.

앞으로 정확히 무슨 일이 일어날지는 알 수 없었지만, 이것 하나는 분명했다. 이후 일어날 파괴는 필멸자의 행사를 아득히 벗어났다.

신격 중에서도 이만한 파괴를 주도할 존재는 흔치 않을 것이다. 탈각하지 않은 인간이 어찌!

이건 맞서 싸울 만한 힘이 아니다. 막을 수도 없다. 피해야 했다.

어둠이 폭주했다. 강력한 흡력(吸力)이 마룡왕의 몸을 붙잡았다.

마룡왕은 이를 악물며 가속에 힘을 쏟았다. 용마력이 줄기차게 뿜어지며 어둠을 붉은색으로 뒤덮었고, 등 돌려 토해낸 기염이 흡력에 벗어나지 않고 그대로 삼켜졌다. 그만큼 마룡왕의 몸은 더 앞으로 나아갔다.

'조절.'

자기 공격에 먹혀 죽는 것보다 추한 죽음이 있을까.

백현은 라이 룽과 자신에게 붕괴의 여파가 돌아오지 않게 집중하며, 그 힘을 마룡왕에게 집중했다.

[……부족해…….]

"……예?"

일어나는 일에 감탄하고 있던 용성군이, 돌연 탄식 같은 소리를 중얼거렸다.

라이 룽은 어둠 속에 있었으나 마룡왕을 위협하는 흡력과 섬뜩함은 그녀에게는 완전히 배제되어 있었다. 백현이 기를 쓰고 폭발의 여파를 조절하는 탓이었다.

[대단한 힘이다…… 정말 대단해. 신격에게도 쉽지 않은 일을 저 인간은 해내고 있구나. 하지만…… 부족하다.]

용성군이 중얼거렸다.

'이거로도 부족하다고?'

라이 룽이 크게 놀란 순간이었다.

[이 정도로 마룡왕은 죽지 않는다.]

진심으로 안타깝다는 듯이, 용성군은 그렇게 중얼거렸다.

[……가 손을 뻗습니다.]

날아갔다. 원래 있던 위치보다 한참 뒤에 밀려난 백현은, 몸을 숙이고 토악질을 했다.

시커멓게 죽은 피가 수도꼭지에서 쏟아지는 물처럼 줄줄 흘러나왔다.

연거푸 피를 내뱉은 백현은, 아찔한 두통을 느끼면서 이를 악물었다.

파천은 성공했다. 미완성이라지만 충분한 위력이었다. 폭발을 일 점에 모았고, 마룡왕은 피하지 못했다. 예상외로 혼돈의 흐름이 포악했다는 것. 즉석에서 힘을 붙잡으며 어떻게 파천을 일으키기는 했지만, 그 부담은 몸으로 그대로 돌아왔다.

'거짓 불멸성이 늦어…….'

파라넥트라고 만능이 아니다. 의념과 내공을 죄다 소모해

버렸다. 백현은 뿌득 이를 갈았다. 힘이 다했지만, 이 공격으로 마룡왕을 죽였더라면 더할 나위 없었을 텐데.

"……아, 제기랄."

부족했다. 조금? 아니면 많이…… 그 정도는 아닌가? 몇 걸음이 부족했다. 그래, 인간의 몸으로 어비스 최상위 신격을 죽일 '뻔'했다는 것도 대단한 일이지.

하지만 대단할 뿐이다. 그 이상의 의미는 없다.

백현은 품 안의 살령을 붙잡았다. 거칠게 숨을 몰아쉬며 흐릿한 눈을 부릅떴다. 거대한 용의 사체(死體)가 눈앞에 있었다.

이곳은 아무것도 없는 세계였다. 흐름을 죄다 엉켜 세상을 무너뜨리면서, 이곳은 허무(虛無)의 공간이 되었다.

그 백색의 공간 한복판에 널브러진 용의 사체는 처참한 모습이었다. 붉은 비늘 중 제대로 된 것은 하나도 없었고, 그마저도 태반이 녹았다. 날개도 그 흔적만 간신히 알 정도의 뿌리 부분만 남았고, 팔다리도 없었다. 긴 목은 웅크려, 얼굴을 가슴에 바짝 붙이고. 꼬리도 몸을 휘감았다.

백현은 혹시 모른다는 희망을 가지고서 용의 사체를 바라보았다.

파각.

희망을 비웃는 것 같은 소리.

가슴에 바짝 붙은 머리는 형태가 제대로 남아 있지 않았지만, 이마 쪽에서 파각 하는 소리가 계속 들렸다. 감긴 용의 눈은 떠지지 않는다. 대신에, 용의 이마가 열렸다.

그 안에서 마룡왕이 몸을 일으켰다.

그녀는 창백한 얼굴로 아무것도 없는 허무의 하늘을 올려보았다. 몸을 뒤덮고 있던 비늘도 남은 것이 없어, 마룡왕은 아무것도 입지 않은 나신이었다.

"……죽을 뻔했소."

마룡왕이 중얼거렸다.

"하나 죽지 않았구려. 하지만…… 정말로 죽을 뻔했소. 이런 위기는 5년 전 이후 처음이오."

"……제기랄."

폭발은 예상보다 강력했다. 그리고 마룡왕도 당초의 예상보다 강력했다.

그것뿐이다. 죽일 수 있다고 생각했는데, 죽이지 못했다.

백현은 마른 웃음을 흘리며 살령을 붙잡았다.

이렇게 된 이상 앞뒤 가릴 수가 없었다. 살령을 쓰지 않고서는 이 상황을 극복할 수가 없다.

"……쓰지 마시오."

마룡왕이 중얼거렸다.

"그 방울은 저주받은 물건이오. 그리고, 그 방울의 저주는 그대의 생각보다 더 강할 것이고."

지친 목소리였다.

"그 방울을 쓰면 지금의 본녀는 죽일 수 있을지도 모르지. 하지만 그대 또한 반드시 죽을 것이오."

"혼자 죽는 것보다는 낫겠지."

"그대는 반드시 본녀를 죽일 필요가 없을 거요."

마룡왕은 그렇게 말하면서 용의 머리 위에서 내려왔다. 그러자 용의 사체가 폭삭 무너져 내렸다.

마룡왕은 방패막이로 삼은 본신의 몸뚱이를 바라보면서 중얼거렸다.

"찬탄(讚歎)하고 싶소. 그대는 본녀를 죽일 뻔했고, 본녀의 비늘을 모조리 파괴했소. 그대는⋯⋯. 본녀가 겪은 모든 적 중에 유일하게 그 일을 해낸 것이오."

"하지만 이기지 못했어."

"그것까지 바라는 것은 욕심이지."

파리한 입술을 뒤틀어 웃은 뒤에, 마룡왕은 라이 룽을 쳐다보았다.

라이 룽은 경악한 얼굴로 마룡왕을 보고 있었다. 저 폭발에서 마룡왕이 살아남았다는 것을 도저히 믿을 수가 없었다.

마룡왕은 잠시 라이 룽을 쳐다보았다.

"⋯⋯잘 알고 있겠지만."

화륵.

용마력이 마룡왕의 몸을 휘감았다. 비늘에 둘러싸이지 않은 나신이었지만, 용마력의 색은 여전히 진해 그녀의 몸을 가려주었다. 하지만 그 힘이 아까와 비교해 현저히 줄었음은 분명했다.

"이처럼 약해진 본녀라도 그대들을 죽일 수 있소."

결코 오만이 아니었다.

"신력이 약해지고 있음을 느끼오. 얼마 남지 않은 모양이로군."

[……으음.]

용성군이 신음했다. 정답이었다. 강신의 시간은 곧 끝이 난다.

백현은 여전히 살령을 잡고 있었다.

"……내가 이걸 쓰지 않을 때의 이야기지."

"굳이 쓸 필요가 없다는 것이오."

마룡왕은 그렇게 말하면서 라이 룽에게 손을 뻗었다.

백현은 살령을 잡아끌어 빼냈고, 라이 룽의 몸이 움찔 떨렸다.

"……미혹이 불쾌하오."

훅.

라이 룽의 몸이 살짝 흔들렸다.

라이 룽의 가슴 한복판에서 붉은빛이 솟아 나왔다. 그녀를 몇 달 동안이나 괴롭히던 저주였다.

"또. 의혹이 여전히 고여 있소. 해답은 본녀가 내리도록 하지."

마룡왕은 무덤덤한 목소리로 중얼거렸다.

라이 룽은 자신이 저주에서 벗어났음을 알았고, 마룡왕이 그를 거두어 간 것에 크게 놀랐다.

"다음에는 저 권속을 통해서가 아니라. 진짜 그대를 만나러 가겠소."

마룡왕은 그렇게 말하며 뻗은 손을 아래로 내렸다.

그녀는 용성군의 말이 모두 사실이라 믿지는 않았다. 아니, 표면적으로는 사실일지도 모른다. 하나 석연치 않았다.

[화야.]

"날 그리 부르지 마시오."

마룡왕은 그렇게 말하며 라이 룽을, 그리고 그 안에 있는 용성군을 노려보았다.

"이걸 자비라 착각하지 마시오. ……그대가 정녕 본녀를 죽이지 않았을지언정, 본녀의 삶은 복수를 위한 처절한 투쟁이었소. 저 계집의 저주를 거둔 것은, 나 스스로 떳떳이 그대를 증오하기 위한 행동일 뿐이오."

정말 증오할 수 있을까. 마룡왕은 자신의 증오가 여전한가에 대한 의문은 잠시 접어두었다.

"……감사합니다."

우선, 라이 룽은 그렇게 말했다. 그녀는 살짝 고개를 숙였고, 마룡왕은 답해주지 않았다.

고개를 든 라이 룽과 눈이 마주친 것은 백현이었다. 라이 룽이 무어라 말을 하려 입을 열었다.

"다음에."

백현은 라이 룽의 말이 나오기 전에 먼저 말했다. 그러자 라이 룽은 고개를 끄덕거리며 입술을 닫았다.

화악!

라이 룽의 등 뒤에서 공간이 열렸다. 그녀는 여전히 마룡왕을 경계하며, 느린 뒷걸음질로 물러섰다.

"고마워."

공간이 닫히기 전, 라이 룽이 말한 것은 분명히 백현에게도 들렸다.


백현은 우두커니 선 마룡왕을 쳐다보았다. 마룡왕은 라이 룽이 사라진 곳을 바라볼 뿐 움직이지 않고 있었다.

이상하게 그 모습이 마음에 걸려서, 백현은 한참 동안 제자리에 서서 마룡왕을 쳐다보았다.

"……그대는 대체 왜 안 가는 것이오?"

얼마나 시간이 흘렀을까. 참다못한 마룡왕이 백현을 돌아보며 쏘아붙였다.

백현은 멋쩍은 미소를 지으며 뒤통수를 긁었다. 그러면서 몇 걸음 물러서자.

"잠깐."

마룡왕이 백현을 멈춰 세웠다.

"……아직 가지 마시오."

무슨 감정이 실린 것인지, 마룡왕의 목소리는 처음 듣는 울림을 띄고 있었다.

멈춰 설 수밖에 없는 말이었고, 그런 감정을 담고 있었다.

앞으로 나아가던 걸음이 우뚝 멈췄다.

하지만 뒤를 돌아보지는 않았다. 이상하게 가슴이 두근거렸다. 그건 설렘이라 할 수 있을 감정이었다.

그것을 눈치채고, 백현은 어이가 없어 헛웃음을 흘렸다. 강한 상대가 좋다고는 하지만, 방금 전까지 죽일 듯이 싸웠던 상대에게 이런 두근거림을 느끼다니?

'이 새끼 이거 미쳤네.'

결코 평범하다고 할 수 없을 자신의 광기에 대해서도 이미 자각하고 있었지만, 지금은 너무 과했다.

특히 상상이란 것은, 마룡왕의 목소리에 실린 감정이 무엇인지 제대로 구분도 못 하는 와중에도 주책 맞게 앞서가고 있었다.

지금 백현의 머리를 스치는 것은 한때의 유행어였다. 마룡왕도 라면이 뭔지 알까? 라면 먹고 갈 테냐고 묻는다면, 뭐라고 대답할까.

"……계속 등 돌려 서 있을 것이오?"

"크흠."

마룡왕이 다시 물었고, 백현은 슬쩍 고개를 돌려 뒤를 보았다.

우두커니 선 마룡왕의 눈은 이번에도 낯설었다. 저 강력하고 오만한 신격에게는 어울리지 않는 눈이다. 하긴, 사람이든 신격이든 어찌 일관되기만 할까. 누구나 겉으로 드러내지 않는 일면(一面)이라는 것이 있게 마련인데.

"가라며?"

"가고 싶으면 가도 상관없소. 고집을 부려가며 그대를 막고 싶지는 않으니."

후욱.

마룡왕의 몸을 휘감고 있던 붉은 용마력이 흩어졌다. 그러자 아무것도 입지 않은 그녀의 맨몸이 드러났고, 백현은 즉시 고개를 돌렸다.

그것을 본 마룡왕이 웃는 소리를 냈다.

"정작 본녀는 아무렇지도 않거늘, 그대가 더 야단이로군."

"아무렇지도 않은 것도 문제 아니야?"

"별로 그럴 것도 없소. 대부분의 신격이 그럴 테지만, 이 자그마한 몸뚱이는 의체일 뿐이오."

"그럼 굳이 여자일 필요도 없는 것 아냐? 아니면 단순한 취향인가?"

"그 우문(愚問)에 뭐라 답을 해야 할지도 난감하구려. 물론 이 몸은 본신과는 아주 다른 모습이지만, 본녀의 영혼과 가장 잘 맞는 형태이기도 하다오. 만약 본녀가 용이 아니라 인간이나 이와 같은 모습으로 태어났다면 이런 모습으로 태어났을 거요."

마룡왕은 큭큭 웃었다. 이 별것 아닌 대화가 지금의 그녀에게는 퍽 즐거운 모양이었다.

그리고 백현은 여전히 고개를 돌리고 있었다. 그것을 본 마룡왕이 손을 들어 올렸다. 그러자 먼 곳에 날아가 있던 망토가 되돌아와서 마룡왕의 몸을 휘감았다.

"인간의 몸, 아니, 굳이 인간에 국한할 것이 아니라. 이런 형태의 몸은 아주 편하지 않소? 덩치가 그리 크지도 않고 다양한 일을 하기도 편리하지."

"나는 이 몸 외에 다른 몸으로 살아본 적이 없어서 모르겠는걸."

"저것이 이유의 전부는 아니오. 대부분의 신격들이 인간의 모습을 띠고 있는 것은, 보다 쉽게 숭배받기 위함이오. 인간은 어디에나 많으니 말이지."

"그게 무슨 말이야?"

"어느 세계에서나 인간은 넘치도록 많고, 가르친다면 신앙에 대한 기본 개념도 쉽게 이해할 만한 지성도 가지고 있소. 신격이 인간의 모습을 애용하는 것은 본래 그런 이유라오. 인간은 완전히 다르거나 알 수 없는 것에는 공포를 느끼나, 비슷하면서 달라 위대한 것에는 경외를 느끼니까."

마룡왕의 말은 이전에 퓨어세인트가 했던 말과 닮아 있었다. 백현은 떨떠름한 표정으로 고개를 끄덕거렸다.

하긴, 아까의 그 거대한 용의 사체가 마룡왕의 본신 모습이라면. 그 어마어마한 몸뚱이를 움직이는 것보다는 인간의 몸으로 움직이는 것이 훨씬 편할 것 같기는 했다.

"그대는 참 이상하구려. 그리 대단치 않은 실없는 의문에 진심으로 몰입하고 있어."

"내가 모르는 이야기잖아. 그리고 너도 다를 것 없어."

"그건 무슨 말이오?"

"그새 목소리랑 표정이 좋아졌잖아. 대단치 않은, 실없는 의문이라고 말하는 주제에 말이야."

심드렁한 표정으로 해준 대답에 마룡왕은 두 눈을 깜빡거렸다.

백현을 보던 마룡왕이 큭큭거리며 웃었다.

"그도 그렇구려. 평소라면 묵살할 질문에 비롯된 대화인데도…… 꽤나 즐겁소."

"가지 말라고 한 이유는 뭐야?"

"지금 와서는 또 모르겠구려."

마룡왕은 그렇게 중얼거리며 시선을 들어 하늘을 보았다.

잠시 동안 그녀는 넋이 나간 것처럼 하늘만을 보았다.

"……아주 오랜만에. 혼자 남고 싶지 않다는 기분을 느꼈던 것 같소."

넋두리 같은 말.

"그게 참 이상한 일이오. 본녀의 긴 삶은 대부분이 혼자였는데, 이제 와서…… 후후. 아무래도 미혹에 꽤 깊이 취했던 모양이오."

"지금은 나아졌어?"

"찰나의 감정이었소. 이미 스쳐 지나갔지. 가슴 한편이 공허하기는 하지만, 그것은 본녀가 감당하고 극복해야 할 일이오."

마룡왕이 고개를 숙였다.

그녀는 여전히 서 있는 백현을 빤히 보면서 물었다.

"본녀야말로 묻고 싶소. 왜 가지 않은 게요?"

"네가 가지 말라고 했잖아."

"그대에게는 그리 중요치 않은 부탁이었잖소."

"중요하고 말고는 내가 정하는 거지."

"두렵다는 생각은 없었소? 본녀는 여전히 그대보다 강하오. 그대의 공격이 본녀를 죽일 뻔했던 것은 사실이지만……."

"네가 날 죽이기 위해 남으라 한 것이 아니라고 확신했어."

마룡왕의 말이 끝나기 전에. 백현은 먼저 말하여 그녀의 말을 가로막았다.

그 대답에 마룡왕이 큰 소리로 웃었다.

"그대가 본녀의 의중을 어찌 안다는 게요?"

"이런 귀찮은 방법을 써가며 내 발을 묶을 필요가 없다는 생각도 있었고, 급히 돌아갈 이유도 없었을 뿐이야."

개인적으로 두근거리기도 했다는 말은 굳이 하지 않았다.

마룡왕은 쿡쿡 웃으며 자리에 털썩 앉았다.

"하긴, 그 말도 맞구려. 굳이 남아달라 부탁할 것이 없는 일이기는 하지. 본녀는 여전히 그대보다 강하니 말이오."

"듣다 보니 말이 좀 그렇네. 솔직히 멀쩡하지는 않잖아? 지금 다시 싸우면 또 모르는 거 아니야?"

"그대가 아까와 같은 알 수 없는 기술을 쓴다면, 흠. 확실히 지금의 본녀는 정면에서 버틸 수는 없을게요. 하지만 그 기술을 이미 한번 겪었고, 허점도 파악했소. 그 빈틈투성이의 기술에 또 당해줄 만큼 본녀는 어리석지 않소."

거기에 대꾸할 말이 마땅치는 않았다. 파천이 마룡왕에게 먹혔던 것은 여러 가지 상황이 더해진 덕분이었고, 이미 한 번 쓴 이상 두 번 더 성공할 일은 없을 것이다.

"실로 대단한 공격이기는 했소. 덕분에 모든 비늘을 잃었지."

"결국 약해졌다는 거잖아."

"큰 문제는 되지 않소. 보시오."

마룡왕이 망토를 활짝 열었다. 보라는 말에 백현은 고개를 돌리지 않았다. 덕분에 봉긋 솟은 마룡왕의 가슴을 정면에서 보게 되었지만, 백현을 얼떨떨하게 한 것은 가슴이 아닌 다른 것이었다. 목 언저리부터 해서 벌써 비늘이 새로 돋아나고 있었다.

"본녀 정도의 마룡이라면 잃은 비늘이 새로 나는 것에는 그리 오랜 시간이 걸리지 않소."

마룡왕이 으스대며 말했다. 그게 참 얄밉게 느껴졌다.

"물론 당장 약해진 것은 사실이지. 지금 그대가 다시 덤빈다면 아까보다는 많은 고생을 하게 될 것이오. 그리고 그대가 그 저주받은 방울을 쓴다면…… 확실하게 본녀와 동귀어진할 수 있겠지."

"넌 이걸 어떻게 아는 거야?"

"본녀는 그게 무엇인지 정확히는 알지 못하오. 하나 그 방울에 어린 저주는 굉장히 강력하여, 제대로 알지 못한다 해도 무엇인지 느낄 수는 있소. 그러니 쓰지 말라는 것이오. 동귀어진에 무슨 의미가 있겠소?"

열린 망토를 다시 닫았고, 백현의 입은 댓 발 튀어나왔다.

그런 백현의 표정을 본 마룡왕이 달래듯이 말했다.

"너무 서운해하지는 마시오. 그대의 힘은 실로 대단했으니 말이오. 그 저주받은 방울을 쓰지 않더라도, 마지막에 본녀를 위협한 기술을 다듬는다면 초월자 정도는 결코 그대의 상대가 되지 못할 것이오."

"다듬는다고 마음먹는다 해도 생각처럼 되지 않으니 그러지."

"아니까 하는 말이오. 그건 본질부터가 잘못된 기술이오."

'지금 놀리는 건가?'

백현은 눈썹을 찡그리며 마룡왕을 노려보았다. 하지만 마룡왕의 표정은 마냥 놀리는 것 같지는 않았다.

"세상을 구성하는 근본을 강제로 뒤틀어 무너뜨리는 기술이 어찌 잘못되지 않았다 말할 수 있겠소? 본녀의 조언을 허투루 듣지 마시오. 감당할 수 없는 것에도 정도가 있는 법이오. 그 힘은 언젠가 그대를 집어삼킬지 모르오."

진지한 조언이었다.

그건 백현도 어느 정도 느끼고 있었다. 천의무봉을 결합시킨 파천은, 백현의 생각을 아득히 뛰어넘었다.

하물며 이 기술은 미완성이었다. 너무 오랜 시간이 걸린다는 것도 미완성이지만, 흐름을 뒤엉키게 해 무너뜨릴 때. 수법이 조악해 완전한 위력을 내지 못했다.

만약 완전한 위력을 낼 수 있었다면, 마룡왕은 죽었을까. 아니, 그전에. 나는 어떻게 되었을까.

"왜 본녀가 그대에게 이런 말을 해주는 것 같소?"

"약 올리고 싶어서가 전부는 아니지?"

"없지는 않소."

"성격 참."

"패자에 대한 조롱은 승자의 권리 중 하나라 생각하오."

이번에는 정말 놀리는 것 같은 표정이었다. 백현의 속이 부글부글 끓었다.

"즐거움을 느꼈고, 감사를 느꼈기 때문이오."

아주 잠깐 악동처럼 빛났던 마룡왕의 눈이 차분하게 가라앉았다.

"그대와의 싸움은 즐거웠소. 본녀는 본래부터 싸움을 즐기기는 하나, 그대와의 싸움은 특히나 즐거웠소."

"……그래서 감사하다는 거야?"

"그것도 포함되어 있소만 전부는 아니오. 본녀는 그대에게…… 가지 말아달라 말하였고, 그대는 남아주었잖소."

마룡왕은 그렇게 중얼거리며 망토 안으로 손을 집어넣었다.

빠각.

그 둔탁한 소리가 무엇으로 인한 것인지 알 수 없어, 백현은 고개를 갸웃거렸다.

소리 뒤에 빠져나온 마룡왕의 손에는 그녀의 손등만 한 크기의 붉은 비늘이 쥐어져 있었다.

"단순한 비늘이 아니오. 뜯어냈기 때문에 더 이상은 아니게 되었지만, 이건 본녀가 가진 비늘의 뿌리 중 하나라오."

마룡왕은 비늘을 던지지 않고, 직접 백현에게 다가왔다.

바로 앞에 선 마룡왕이 손을 뻗어 백현에게 비늘을 건네주었다.

"이 비늘은 그대가 바라는 순간에 목숨을 한번 지켜줄 것이오. 무조건이라고는 못하겠지만, 본녀가 장담하건대 어비스의 신격 중 일격으로 이 비늘의 뿌리를 태워 버릴 신격은 존재하지 않소."

"……난 네 적인데, 그래도 주는 거야?"

백현은 비늘을 받지 않고 마룡왕에게 되물었다.

그 질문에 마룡왕이 두 눈을 초승달처럼 휘며 웃었다.

"착각하지 마시오. 이 비늘은 결국 본녀의 것이니, 그대는 그 비늘을 본녀와의 싸움에서 사용할 수 없소."

"너랑 싸우며 쓸 생각도 없었어. 내 말은, 난 결국 네 적이잖아. 그러니까……."

"본녀는 그대가 다른 신격에게 죽는 것을 원치 않소."

마룡왕이 비늘을 조금 더 가까이 뻗었다.

"물론 본녀 역시 그대를 죽이고 싶진 않소. 하지만 그런 마음은…… 상황에 따라 바뀔 수도 있는 법 아니겠소? 그러니, 그대가 죽어야 한다면. 다른 신격이 아닌 본녀의 손으로 죽여주고 싶다는 것이 그대에 대한 친애이자 예우라 생각하오."

백현은 피식 웃으며 마룡왕의 비늘을 받았다.

비늘은 생각과는 다른 촉감이었고, 뜨거웠다. 품 안에 넣었지만, 그 열기는 사라지지 않았다. 마치 살아 있는 것 같았다.

"……이제 되었소. 본녀의 외로움에 어울려 줘서 고맙소."

"뭐 대단한 일을 한 것도 아니잖아. 얘기나 좀 했을 뿐인걸."

"본녀에게 필요한 것을 해주었단 것이 중요한 것이오."

비늘의 열기는 여전했고, 백현은 몇 걸음 뒤로 물러섰다.

이쪽을 향해 고정된 시선. 마룡왕의 입술이 살짝 열렸다가, 닫혔다. 뭔가를 말하려다 만 것처럼.

"하고 싶은 말 있으면 해."

"너무 티를 낸 모양이오."

마룡왕이 쓴웃음을 지었다.

"……그대는 본녀가 용성군, 그의 권속과 나눈 이야기를 들었소. 그런데 왜 본녀에게 아무것도 묻지 않는 것이오?"

"왜 물어봐야 하는데?"

뭘 그런 것을 묻냐는 표정을 지어주었다.

마룡왕이 두 눈을 깜박거렸다.

"사실 궁금하기는 한데, 내가 파고들기에는 지나치게 사적인 문제 같던걸. 뭐 내가 할 말도 아닌가. 그 사적인 문제에 멋대로 끼어들었으니까."

"그래서 묻지 않는 것이오?"

"네가 나서서 알려준다고 하면 경청하고 듣겠지만, 꼬치꼬치 캐묻고 싶지는 않아."

"……후후!"

손을 저으며 한 대답에 마룡왕은 결국 웃어버렸다. 작은 소리의 웃음이었지만, 금방 멈추지 않고 꽤 길게 이어졌다.

"고맙소."

"뭐 그럴 것까지야."

"아니, 진심으로 고맙소. 그대의 태도는 본녀를 존중하는 것이니 말이오."

마룡왕이 손을 뻗었다. 그 손은 백현의 앞에서 멈췄다.

잠시 그것을 쳐다보던 백현은, 마주 손을 뻗어 마룡왕의 손을 잡았다.

"이런 기분은 무척 오랜만이구려. 본녀는 그대가 무척이나 좋아졌소."

"……뭐?"

"좋아졌단 말이오. 본래부터 좋기는 했지만, 그 이상으로 더 좋아졌소. 진심으로…… 그대와 죽고 죽이는 관계가 되지 않기를 바라오."

비늘을 뜯어낸 곳에서부터 욱신거리는 느낌이 들었다. 하지만 싫지는 않았다.

"……언젠가."

마룡왕이 중얼거렸다.

"응?"

"아니. 아무것도 아니오."

꾸욱.

마룡왕은 맞잡은 손에 힘을 한 번 준 다음에, 백현의 손을 놓아주었다.

"다음에 또 만날 날을 고대하겠소."

뒤로 물러선다.

마룡왕은 방금 전까지 잡고 있던 손, 거기서 느껴지는 감촉을 즐기며 빙긋 웃었다.

"언제인지 모를 그때를 그리며 오늘을 되새기겠소. 그대가 보인 존중과 찬탄할 힘을 본녀는 잊지 않을 것이오. 그러니…… 다음에 만날 때. 그대와 본녀는 벗이 될 수 있을지도 모르겠구려."

적이 아닌 벗.

마룡왕은 그렇게 말하며 몸을 돌렸다.

이곳은 용곡. 그녀의 영역이다. 하나 마룡왕은 백현이 떠나는 것을 기다리지 않고 먼저 사라졌다.

대단한 이유는 없었다. 그냥, 그러고 싶은 기분이었다. 떠나는 것을 지켜보자면, 대수롭지 않은 이유로 또 붙잡게 될 것만 같았다.

"……왜 다음에 벗이 되는 거야?"

백현은 아무도 없게 된 앞을 보며 중얼거렸다.

까짓거, 지금 당장 벗이 되면 되는 것 아닌가? 설마 벌써 벗으로 삼기에는 이쪽의 격이 부족하다는 뜻인가?

'고대한다고 했지.'

처음 보았을 때, 마룡왕은 패배해 등 돌린 백현에게 다음에 또 만날 것 같다고 말했었다. 그리고 지금은, 먼저 떠나면서 다음에 만날 때를 고대하겠다고 했다.

확실하게 바뀐 평가. 거기서 백현은 작은 승리감을 느꼈다. 그래 봤자 패배한 것은 변하지 않았지만 말이다.

"핑곗거리나 생각해야겠네."

백현은 투덜거리면서 몸을 돌렸다.

머릿속에서 아프라스의 경고음이 요란했다. 백현이 없음을 사라가 눈치챈 덕분이었다.

# 8장
# 언명

걸어 나아갈 때마다 끈적거리는 어둠이 몸에 달라붙는다. 이곳은 혼돈이 특히나 진하게 요동치고 있다.

호흡이 괴로울 정도였지만 검무희는 그런 내색을 조금도 하지 않고 계속해서 걸었다. 금속의 빛을 닮은 은색 눈동자는 고요히 가라앉아 정면을 벗어나지 않는다.

그녀는 혼돈의 구렁텅이 속으로 걸어 들어가고 있었으나, 극에 달한 검무희의 심안(心眼)은 혼돈의 흐름을 건드리지 않고서도 제 몸이 침범되지 않는 길을 확실히 찾아갔다.

"지독한 곳에 둥지를 틀었군요."

검무희의 걸음이 멈추었다. 아직 가고자 하는 목적지에 도착하지 않았으나, 눈앞을 가로막은 존재 때문이었다.

"지독하다 할 것까지 있을까? 결국, 마음가짐의 문제인걸. 여기는 마음을 어찌 먹느냐에 따라 성역(聖域)만큼이나 안락한 곳이야."

회오리치는 혼돈의 한복판에 누군가가 앉아 있었다. 그 얼굴도, 모습도 잘 보이지 않았다. 하지만 심안을 집중하니, 그 모습을 알아볼 수 있게 되었다.

"당신이 역천자의 수문장을 자처한 건가요?"

"그가 내게 시킨 것은 아니니까 뭐, 자처한 게 맞긴 하지."

'헌드레드'가 빙긋 웃었다.

그의 모습은 타락하기 전, 함께 어비스에서 날뛰었을 때의 모습이 거의 남아 있지 않았다.

검무희가 기억하는 헌드레드는 키마이라와 다를 것 없이 흉측하고 거대한 괴물이었는데, 지금의 그는 왜소한 청년의 모습을 하고 있었다.

호른의 지하에서 함께 눈을 떴을 때도 그런 모습이었는데, 그새 의체의 형태를 바꾼 모양이었다.

"왜 이제 와서 인간 흉내를 내는 겁니까?"

"그럴 만한 이유가 있기 때문이지. 그보다, 입장이 바뀐 것 아닌가? 무턱대고 찾아온 것은 네 쪽인데 말이지."

헌드레드가 너털웃음을 지으며 일어섰다. 마음가짐의 문제라고 하더니.

검무희가 짜증스레 느끼던 혼돈은 헌드레드에게는 정말 익숙한 것인 모양이었다. 그는 혼돈의 침범을 개의치 않으며 검무희에게 다가왔다.

"그때 함께 가자는 것에는 거절하더니. 왜 이제 와서 여길 찾아온 거지?"

그것보다는 '어떻게' 여기를 찾아왔느냐를 먼저 물어봐야겠지만. 헌드레드는 군이 물을 필요도 없다고 생각했다. 마안에도 속하지 않는 검무희의 눈은 어비스의 신격 중에서도 독보적이라 할 정도로 특별하다. 쉽다고 할 것까지는 아니겠지만, 작정하고 찾으려 든다면 저 눈으로 이 장소를 못 찾을 이유도 없었다.

"역천자를 만나기 위해 왔습니다."

"내가 그걸 몰라서 물어볼까? '왜' 왔느냐고 묻는 거야."

검무희는 대답하지 않았다.

물끄러미 바라보는 시선에 헌드레드는 쩝 입맛을 다셨다.

후욱.

바람을 불어 촛불을 꺼뜨리는 것만 같은 소리가 났다. 검무희는 당황하지 않고 주변을 둘러보았다.

어느새 검무희와 헌드레드는 넓은 방 한가운데에 서 있었다.

"수고했네."

"뭐 대단한 일을 한 것도 아닌데."

헌드레드는 너스레를 떨며 뒤로 물러섰다. 어둠이 그의 몸을 삼켰고, 헌드레드의 모습이 사라졌다.

검무희는 그를 좇던 시선을 거두고서 앞을 보았다.

무수히 많은 촛불은 조금도 흔들리지 않아 작위적으로 보였다. 그 한가운데에 역천자가 가부좌를 틀고 앉아 있었다.

검무희는 가면에 가려진 역천자의 얼굴을 쳐다보았다.

"……음."

잠시 역천자를 쳐다보던 검무희는 자그마한 신음을 흘리며 눈을 꾹 감았다.

저번에 보았을 때는 이러지 않았는데, 지금은 마주 보는 것만으로도 속이 울렁거린다. 역천자가 내포하고 있는 혼돈은, 심안으로 쳐다보는 것만으로도 그녀의 정신에 부담을 주었다.

"어떤가?"

"……축하해야 합니까?"

되묻는 말에 가면 너머에서 웃는 소리가 났다.

"칭찬을 바라고 묻는 것은 아니네만. 단순히 감상을 듣고 싶은 것뿐일세."

"혼돈의 사도라 하더니. 혼돈의 사역에 성공한 겁니까."

"사역과는 다르지. 저번에도 말했듯이, 난 혼돈을 이해한 것뿐일세. 학문과 마찬가지인 게야. 파도 파도 끝이 없는 것처럼, 이해에도 끝이 없지."

역천자의 말투는 느긋했다.

그럴 만도 했다. 혼돈의 사도를 자칭한 그에게 있어서, 이 혼돈의 구렁텅이는 성역과 다름이 없었다.

검무희는 그의 주변을 가득 채워 휘감은 촛불들을 보았다. 완전히 이해할 수는 없었지만, 저 모든 것이 역천자가 장기로 삼는 마도의 술(術)임은 분명했다.

"찾아온 이유가 무언가?"

역천자는 일어서지 않았다. 그는 등을 꼿꼿이 세우고 앉아 검무희를 올려다보았다.

"그대 역시 혼돈을 따르기 위해 온 겐가? 만약 그런 것이라면 쌍수를 들고 환영하겠네."

"내 대답은 저번과 달라지지 않았습니다."

검무희는 무뚝뚝한 얼굴로 대답했지만, 역천자는 그다지 실망한 기색이 아니었다.

그는 손으로 턱을 괴며 물었다.

"그것도 좋지. 나는 그대도, 마룡왕도 존중한다네. 의지와 선택은 중요한 법이야. 특히나 이런 일은 강요해서 될 것이 아니지."

"묻고 싶은 것이 있어서 왔습니다."

"혼돈을 따르기 위해 온 것이 아니라면, 당연히 그런 이유 때문에 온 것이겠지. 뭔가?"

유들유들한 태도로 묻는 질문에 검무희는 숨을 한번 삼켰다.

"……나에게 뭘 했습니까?"

역천자가 두 눈을 끔벅거렸다. 그는 진심으로 검무희의 질문을 이해하지 못하겠다는 태도였다.

"뭘 하다니? 갑자기 무슨 말을 하는 것인지 모르겠군."

그 말이 진실인지 거짓인지는 잘 알 수가 없었다.

검무희는 의심을 거두지 않고서 자신에게 있었던 일을 설명했다.

"얼마 전의 일입니다. 나는…… 마룡왕과 협력하여, 혼돈의 근원이 어디에 있는지를 탐색하고 있었습니다."

"그건 나도 알고 있네. 그대가 아직 찾지 못했다는 것도 알고 있고."

역천자가 빙긋 웃었다.

"그대는 혼돈과 합일되지 않았음에도 그 특별한 눈을 통해 혼돈 속을 떠돌 수 있지."

탐나는 눈이다.

역천자는 스스로를 혼돈의 사도라 칭하며, 다양한 방법을 통해 혼돈의 근원을 탐색하고 있었다. 하지만 그 역시 혼돈의 근원이 대체 어디에 있는지는 아직까지도 알아차리지 못하고 있었다.

만약 검무희가 도와준다면 저 눈을 통해 보다 효율적인 탐색이 가능할 것이다.

"근원에 관한 이야기가 아닙니다. 나는…… 그때. 어떠한 손을 잡았습니다."

"손?"

"네. 그 손의 주인이 누구인지 알 수는 없었으나, 그 손은 분명히 내가 떠돌고 있던 어비스의 이면(裏面)으로 들어왔습니다."

"흐음."

역천자의 눈이 가늘어졌다.

역천자와 헌드레드, 검무희를 제외하고 어비스의 이면에 출입할 수 있는 이는 존재하지 않는다.

"그 손을 잡았을 때. 나는…… 순간, 내가 아닌 것 같은 기분을 느꼈습니다."

검무희의 목소리가 가늘게 떨렸다.

접촉은 아주 잠깐이었다. 하지만 그 순간의 느낌은 절대 잊을 수가 없었다. 그 감각은 검무희가 살아온 평생을 통틀어 제일이라 꼽을 만큼 이질적이었다.

"내 머릿속에, 내가 모르는 무언가가 떠오르는 기분이었습니다. 나는 그런 기분도, 기억도 알지 못합니다."

"무슨 말인지 알겠군. 내가 어떠한 암시를 걸지 않았나, 그런 의심을 하는 모양이지?"

"당신 외에 누가 이런 짓을 할 수 있겠습니까?"

추궁하는 목소리는 아니었다. 검무희는 여전히 냉정했다.

하나, 가장(假裝)된 허세일 뿐이다. 그녀가 정말로 냉정했더라면, 홀로 이곳에 와서는 아니 되었다.

"이것 참, 일방적으로 의심받으니 난감하구먼. 그렇다고 하지도 않은 일을 하였노라 할 수는 없잖은가?"

역천자는 손을 저으며 대답했다.

"그대와 마룡왕 등이 긴 잠에 빠졌을 때. 나는 그대들의 위치를 찾아내고 잠에서 깨우기 위해 혼돈을 주입하였지. 그래, 솔직히 말하자면 그 과정에서 하고자 했다면 그대들에게 복종의 술도 걸 수는 있었어."

"그렇다면……."

"방금 한 말을 듣지 못한 겐가? 복종의 술을 걸 수 있었단 말일세. 그대가 느낀 것과 같은 시답잖은 암시에 그치지 않고 말이야."

검무희는 그 말이 거짓이 아님을 알았다.

일반적인 마법과 전혀 다른 궤에 속하는 술과 마도의 종주가 바로 역천자다. 그가 하고자 했다면, 검무희 등이 깊은 잠에 빠져 경계하지 못하는 중에 강력한 재갈의 씌울 수 있었으리라.

"아까도 말하지 않았나. 의지와 선택이 중요하다는 말. 나는 나 자신을 진심으로 혼돈의 종복이고, 본래 이 어비스에 군림하던 참된 주인을 깨워 그의 첫 번째 사도가 되고자 바라고 있네."

목소리는 차분했으나 저 바람이 광기에 차 비틀려 있다는 것을 검무희는 잘 알고 있었다. 저 일관적인 말이 불쾌하게 들렸다.

"난 말일세. 신앙과 숭배를 강요하고 싶지 않네. 그대들을 종으로 삼았다면 내 일이 보다 쉽겠지만, 그에서 비롯된 숭배를 어찌 진실이라 할 수 있겠는가? 그래서 하지 않은 게야. 내가 바란 것은, 그대들이 진심으로 나와 같은 경의를 느끼며 숭배자가 되는 것일세."

역천자의 메마른 손이 가면을 더듬는다.

검무희는 저 가면 너머의 얼굴이 어떤 것인지 기억하고 있었다.

끔찍한. 생김새를 말하는 것이 아닌, 맹목적인 광기에 삼켜지면서도 스스로를 이성적이라 여기는 눈앞의 존재가 끔찍했다.

"나는 그대에게 아무 일도 하지 않았네. 하지만…… 그대의 이야기에는 무척 흥미를 가는군. 그대에게 벌어진 일과, 그대가 겪은 일 모두가 흥미로워."

가면을 더듬던 손이 내려왔다.

화륵─

촛불들이 일제히 흔들렸다.

"검무희. 나는 그대가 얼마나 독특한 신격인지를 잘 알고 있네."

"……."

"사실 그대는 신격이라 할 만한 존재는 아니지. 그대는 내가 아는 어떤 신격과도 다른 이질적인 존재야."

"나를 모욕하고 싶은 겁니까."

"사실을 말하는 것뿐일세. 그대 역시 알고 있지 않나? 그대의 기원(起源)은 신격이라 할 만한 것이 아니야."

"당신이 나의 무엇을 안다고 그리 장담하는 겁니까?"

"물론 나는 그대가 어떤 신화(神話)를 써온 존재인지는 알지 못하네. 하지만, 술과 마도의 종주인 나는 온갖 괴력난신을 접하고 이매망량의 공양을 받아왔네."

동요가 적었던 검무희의 눈이 가늘게 떨렸다. 의식 깊은 곳에 묻어둔 머나먼 과거. 역천자가 말한 '기원'과 관련된 기억들이 준동했다.

"다른 신격은 몰라도 나는 알 수밖에 없지. 그대는 한없이 신격에 가깝고, 신격이라 칭해도 이상하지 않을 격과, 그에 어울리는 힘을 지녔으나 신격은 아니야. 왜 이를 장담하는지 아나? 그대의 신력은 써온 신화와 그를 통한 숭배에 기인한 것치고는 아주…… 아주."

역천자가 손을 들어 올렸다. 보여주듯 앞으로 뻗은 손은, 엄지와 검지가 거의 맞닿아 있었다.

"얇네."

사아악.

촛불이 일제히 꺼졌다.

역천자는 이 공간을 가득 채운 살벌한 예기를 느끼며 큭큭 웃었다.

"사실 그래서 더 대단하지. 그 얄팍한 신력으로, 그대는 과거 신격의 전장이었던 어비스를 떠돌아다녔으니 말일세."

화륵.

꺼진 촛불들이 하나씩 다시 켜졌다. 어느새 검무희의 손에
는 길쭉한 장검이 하나 쥐어져 있었다.

역천자는 창백하게 질린 검무희의 얼굴을 올려보며 말했다.

"검을 집어넣으시게. 나는 순수한 흥미에 기인해, 그대의 질
문에 대답해 주고자 하는 것이야."

"……듣기 좋은 말이 아님을 당신도 알고 있지 않습니까?"

"하지만 사실인데 어쩌겠나? 자, 이야기를 계속해서. 내 경
험에 미루어 보건대, 그대에게 일어난 일은…… 그대가 '검무
희'가 되기 전의 기억이 어떠한 계기를 통해 깨어난 것 같군."

"……나는 처음부터 검무희였습니다."

"신격의 흉내를 내고 싶다면 제대로 하게나."

역천자가 쯧쯧 혀를 찼다.

"처음부터 신명(神名)을 가진 신격은 아무도 없네. 우리는 모
두가 한때는 신명이 아닌 다른 이름을 가지고 있었어. 처음부
터 검무희였다고? 그 말이 그대가 신격이 아니라는 증거일세."

"난, 그저, 처음부터 나였다는 말을 하는 겁니다."

"끝까지 외면하는군. 떠올리지도 못해 알지 못하는 것을 외
면하는 것은 두려움 때문인가? 왜 두려움을 느끼나? 그대가
정녕 그대였다면 떳떳해도 될 텐데."

고개를 가로저은 역천자가 천천히 몸을 일으켰다.

"그대는 귀신(鬼神)일세."

뻗은 손이 검무희를 가리켰다.

"원혼인지 망령인지는 알 수 없으나, 그대는 살아서 숭배된 신격이 아니야. 어쩌면 죽은 혼에 무언가가 쓰인 것일 수도 있겠군. 어느 쪽이든 대단하지. 일개 혼을 그대만 한 존재로 빚어냈다는 것은, 천공성의 현자의 돌만큼 대단한 일이야."

"……귀신……?"

"뭐, 그 기억을 쭉 외면할지 직시할지는 그대의 선택이겠지만……."

역천자의 입술이 비죽 올라갔다.

"언령(言靈)이 무엇인지 아나?"

언령. 소리 내 하는 말들에 힘이 깃들어 있다는 뜻인데, 마법이나 주술에서 소리 내어 말하는 주문이 곧 언령이다.

소리 내어 말하는 이름은 언명(言名)이라 하여, 그 이름에 힘이 있는 존재에게는 큰 힘을 발휘한다. 특히 이매망량 따위의 괴력난신들이 그러했다.

신격도 마찬가지다. 그들이 내세운 신명(神名)은 그들 자신이 격을 쌓아온 과정과 추구하는 것을 모두 내포하고 있으며, 진명 대신에 숭배자와 권속들에게 불리어 군림하는 신의 이름이다. 신격의 신명은 기억되고 불리어 숭배됨으로써 신앙으로 쌓인다.

그 신명은 보통 누군가가 정해주는 것이지만, 일부 신격 중에는 스스로 신명을 짓는 경우도 있다. 신격이 되기 전부터 그런 이름을 붙였던가, 아니면 스스로를 확실한 우상으로 만들기 위해서. 혹은, 뭔가 특별한, 운명적인, 지독한, 어쩔 수 없는.

"본래 어떤 존재인지 알 수 없는 그대가 스스로를 검무희라 여기는 것은, '검무희'라는 이름이 그대에게 주어진 어떠한 사명(使命)이거나. 혹은 그대가 본래 품고 있던 운명이나 숙명…… 생의 특이점이라 할 만한 일에 연관되었기 때문이라 생각하네."

어쩌면 결코 잊고 싶지 않은 것.

"잘 생각해 보게."

혼란스러운 검무희를 보며, 역천자는 손을 흔들었다.

"왜 과거를 잊었으면서 검무희라는 이름은 남았는가? 왜 줄곧 떠올리지 않았던 것들이 지금 와서 떠올랐는가. 그리고 왜 그대는…… 과거도 모르면서 혼돈의 근원을 탐해 이곳에 온 겐가? 그대가 바라는 것은 정녕 무엇인가?"

어둠이 멀어진다. 역천자의 얼굴도 함께 멀어졌다. 검무희는 거대한 흐름이 자신을 밀어내는 것을 보았다.

어느새 방이 사라졌고, 혼돈의 한복판에 앉은 헌드레드와 눈이 마주쳤다. 그는 어둠 속을 유영하는 거대한 무언가를 보며 입술을 핥고 있었다.

"확실한 계기부터 찾아보는 게 쉬울 걸세."

그게 마지막 말이었다.

발이 땅에 닿았다. 이면이 아닌 어비스로 돌아온 검무희는, 떨리는 양손을 내려 보았다.

'……계기?'

손이 맞닿던 순간에, 자신도 모르게 중얼거린 말.

"……우자."

그 역시 무언가의 이름이었다.

누군지 모를 그 이름을 중얼거리자, 역천자가 말했던 언명처럼 검무희의 가슴이 욱신거렸다.

"그냥 보낼 줄은 몰랐어."

검무희가 돌아가는 것을 보고, 다시 방으로 들어온 헌드레드가 역천자에게 말을 걸었다.

가면을 어루만지고 있던 역천자가 웃는 소리를 내며 대답했다.

"그럼 무엇을 상상한 겐가?"

"난 영락없이 당신이 검무희에게 뭔가를 한 줄 알았거든."

"그녀답지 않은 행동이기는 했지만, 검무희가 이곳을 찾아온 건 내 의도가 아니었네. 나는 정말로 그녀에게 아무 짓도 하지 않았어. 그대에게 아무 짓도 하지 않은 것처럼 말이야."

그 대답에 헌드레드는 피식 웃으며 어깨를 으쓱거렸다.

그건 헌드레드도 잘 알고 있었다. 검무희 외에 누구도 방문한 적이 없는 장소기는 하지만, 헌드레드가 문지기의 역할을 맡은 것은 그 자신이 원했기 때문이다. 마찬가지로 그가 역천자를 따라오고, 그의 수족이 되고자 한 것도 자신이 직접 그를 희망했기 때문이다.

"하지만 좋은 기회였다고 생각하는데…… 마룡왕도 함께 있지 않았고."

헌드레드는 진심으로 아쉬움을 느꼈다.

검무희가 대적하기 무척이나 까다로운 신격이기는 하지만, 이 장소에서 역천자의 도움을 받는다면 검무희를 죽이는 것은 일도 아니다.

"검무희의 '눈'을 얻는다면 큰 도움이 될 텐데 말이야."

"하지만 무조건 필요한 것도 아니잖나. 게다가 너무 과격한 방법이지."

"뭐 그렇기는 하지만, 내 생각에 검무희나 마룡왕이 당신처럼 혼돈을 추종하게 되지는 않을 것 같은데."

"당장은 그럴지 모르지만, 상황이 어찌 되느냐에 따라 달라질 수 있는 것 아니겠나? 그대처럼 말이야."

헌드레드는 히죽 웃었다. 역천자는 그의 웃음을 보며 말을 이었다.

"물론 그대가 무조건적인 신앙을 가진 것이 아님은 알지만."

"글쎄…… 당신이 왜 혼돈을 추종하는지는 알겠어. 신격조차 집어삼킨다는 힘은 매료되기에 충분하지. 그래도 말이야, 나는 기왕이면 추종자가 아니라 추종받는 쪽이 되고 싶거든."

느물거리며 한 대답은, 스스로를 혼돈의 사도라 칭하고 심연의 왕좌를 추앙하는 역천자와 정면에서 반하는 의미를 갖고 있었다.

하지만 역천자는 헌드레드의 말에 불쾌감을 느끼지 않았다. 그는 오히려 즐겁다는 듯 웃었다.

"뜻대로 하시게. 나로서는 그대가 당장 협력해 주는 것으로 족하니 말이야. 그래서…… 하는 일은 잘 되고 있나?"

"아직은 처음이니까."

헌드레드는 그렇게 말하며 뒤로 물러섰다.

"으스댈 만한 성과는 아직 없지만. 조금 더 지켜보면 알 수 있을 거야."

"너무 부담은 갖지 말게. 크게 중요한 일은 아니니 말이야. 자네가 하는 일은 일종의 실험에 가까운 것이야."

그래. 단순한 실험일 뿐이다.

역천자는 시선을 내려 미동도 없는 촛불들을 쳐다보았다.

"정말 아무 일도 없었던 거지?"

"아무 일도 없었다니까."

벌써 몇 번째 듣는 질문이고, 그때마다 똑같은 대답을 해주었다. 하지만 사라는 영 마음에 차지 않는다는 표정이었다.

그녀는 입술을 삐죽 내밀고서 백현을 노려보았다.

"어떻게 아무 일도 없을 수가 있어? 밤에, 아무도 모르게 혼자 나가서 한참 있다가 온 거잖아."

"그럼 대체 무슨 일이 있어야 하는데?"

"바람 피우고 온 것 아니야?"

"뭔 말도 안 되는 소리야. 야, 그리고 사실 바람이라 할 만한 일은 아니지. 까놓고 내가 너랑 사귀는 사이도……."

사라의 눈이 부릅 뜨였다.

쌍심지를 켜고서 타오르는 눈동자를 보며 백현은 순간 말을 멈추었다.

"……아니기는 하지만. 어. 그렇다고 해서 뭐 이상한 일을 하고 온 건 아니니까."

"수상해."

"아프라스에 기록된 기억들도 보여줬잖아. 대체 뭐가 문제야?"

"보기는 했는데, 여자 만나고 온 건 사실이잖아. 안 그래?"

"잘못 했으면 죽을 상황이었는데, 여자가 중요하냐?"

"센 여자 좋아한다고 하지 않았어?"

말문이 막혔다.

천공성으로 돌아오며 핑곗거리를 생각하기는 했지만, 굳이 그렇게 궁상맞게 굴 필요가 있을까 하는 생각만 들었다.

그래서 따져대는 사라에게 솔직하게 말해주었다. 라이 룽에게 빚을 갚으러 갔고, 그러면서 마룡왕과 싸웠다고.

거기서 더 꼬치꼬치 캐묻기에, 하나씩 대답해 주는 것도 귀찮아서 아프라스에 기억을 저장해 사라에게 공유해 주었다.

숨기는 것은 없었다. 기록된 영상은 모두가 팩트였다. 조작 하나 없다. 만나고, 싸우고, 조금 이야기하다가 헤어지고.

그걸 보여주면 깔끔하게 정리될 것이라고 생각했는데. 오히려 사라는 그 이후로도 틈만 나면 그 일에 대해 묻고 있었다.

"……그게 여기서 왜 나와?"

"왜 나오기는, 이 개새끼야. 마룡왕이 너보다 훨씬 세니까 그러지!"

사라는 여전히 쌍심지를 켠 눈으로, 꽉 쥔 주먹을 붕붕 휘둘렀다.

"방금 머뭇거린 게 수상해. 너, 나한테 안 보여준 것 있지? 응? 마룡왕이랑 그냥 이야기만 하고 온 거 아니지?"

"안 보여준거 없어. 다, 다 보여줬어. 다!"

"웃기지 마. 너 보는 시선에서 아주 꿀이 떨어지더만! 너

설마……."

"설마 뭐."

답답해 되묻자, 사라는 금방 대답하지 못하고 잠깐 머뭇거렸다.

백현은 빨갛게 달아오른 사라의 얼굴을 보면서 눈을 가늘게 떴다. 여태까지의 경험을 미루어 보건대, 사라가 저런 얼굴을 하고서 말을 머뭇거릴 때 이어지는 패턴은 뻔했다.

"너 또 뭔 개소리를 하려……."

"해…… 했냐?"

그냥 닥치라고 할 걸 그랬다.

주어가 생략된 '했냐?'라는 질문. 다양하게 해석할 수 있겠지만, 백현은 억울함에 주먹을 부르르 떨었다.

"안 했어."

"정말 안 했어?"

"어."

이럴 줄 알았으면 궁상맞을지라도 거짓말을 늘어놓을 것을 그랬다. 백현은 뒤늦은 후회를 했지만 이미 늦었다.

"일주일이야. 일주일이라고! 대체 언제까지 그거 붙잡고 사람을 갈굴 생각이야?"

"누가 혼자 휙 가버리래?"

"말했잖아, 너 걱정해서 그런 거라고. 나야 팔다리 날아가고 그래도 안 죽지만, 너는 다르잖아."

이번에 말문이 막힌 것은 사라 쪽이었다. 그녀는 입술을 삐죽 내밀고서 침묵했다.

하지만 영 마음이 편하지는 않았다. 백현이 걱정해 준 것은 이해하지만…….

"너도 죽을 뻔했잖아."

"안 죽었으면 됐지."

"그런 말이 어디 있어? 너 죽으면 나는 어떻게 하라고…….'

"내가 너보다 죽을 확률이 훨씬 적어."

"……그래도 싫어."

웅얼거리는 말이었다.

백현은 한숨을 푹 내쉬며 사라의 어깨를 토닥거려 주었다. 그 손짓에 사라는 움찔 몸을 떨었지만, 백현의 손을 쳐내지는 않았다.

그녀는 얌전히 어깨를 늘어뜨리고서 백현의 손길을 느꼈다.

'뭔가 센 한 방이 필요해.'

그러면서 진지한 고민에 빠졌다.

함께 지낸 지 꽤 오랜 시간이 흘렀지만, 아직 백현과 사라의 관계는 그녀가 만족할 만큼의 진전을 이루지는 못했다.

감정을 고백한 후로 나름 적극적인 공세를 퍼붓고는 있지만, 백현이 치는 철벽은 너무나도 굳건했다. 정말 고자가 아닐까 하는 생각이 들 정도로 말이다.

하지만 사라는 백현이 고자가 아니라는 것을 아프라스의 스캔 결과를 통해서 너무나도 잘 알고 있었다.

[육탄 공세는 어떻습니까?]

연애 시뮬레이터로 전락한 아프라스가 의견을 냈다.

'여태까지 몇 번이나 해봤잖아. 그거론 안 돼.'

[그렇다면 수위를 높이는 것을 추천해 드립니다. 백현 님은 이런 방면에서 눈치가 없다시피 하니, 은근한 것보다는 아예 대놓고 하는 것이 나을 듯합니다.]

그 말에 사라의 입술이 파르르 떨린다.

여태까지의 육탄 공세. 보란 듯이 속옷을 걸어두고, 은근한 노출을 보이고. 사실 거기가 사라가 할 수 있는 공격의 마지노선이었다.

[침대로 들어가십시오.]

"미쳤어?"

무덤덤한 어조였지만, 아프라스의 조언은 훅 들어왔다. 덕분에 사라는 기겁하여 목소리를 내뱉고 말았다.

"미치긴 뭐가 미쳐?"

"……너 때문에 내가 미친다고."

백현은 의아해하며 물었지만, 사라는 그렇게 둘러댔다.

[언젠가는 해야 할 일입니다.]

'아직 사귀지도 않았는데 벌써부터 할 필요는……'

[꼭 사귄다는 관계가 전제될 필요는 없지 않습니까? 일을 치르고 난 뒤에 관계를 재정립하면 된다고 생각합니다.]

사라의 머리가 핑핑 돌았다.

위대한 상상력은, 사라가 평생 해본 적 없는 음양의 조화를 아주 디테일한 포르노 한편으로 가꾸어 머릿속에 재생시켰다.

그래, 포르노다. 관람 등급은 당연히 19금이었고 모자이크 하나 없는. 주인공은…….

철썩.

옆에서 들린 소리에 백현은 고개를 돌렸다. 사라가 제 뺨을 미친 듯이 때려대고 있었다. 대체 뭔 짓을 하는가 싶었지만, 말리는 것도 지쳤다.

[사라 님은 백현 님을 독점하고 싶은 겁니까?]

백현이 의도적으로 사라를 무시하는 동안, 아프라스는 연애 시뮬레이터로서 사라와 쭉 대화를 나누고 있었다.

'……그게 좋기는 하지만, 저 새끼가 너무 잘났잖아.'

[그러면?]

'날 버리지만 않으면 돼.'

[그거로 만족하십니까?]

'기왕이면 날 가장 사랑해 줬으면 좋겠어.'

[그렇다면 더욱 침대로 들어가야 합니다.]

'파, 파렴치한……'

[퍼스트에는 확실한 의미가 있는 법입니다. 확인한 결과 백현 님도 동정이니, 서로가 퍼스트를 교환한다면 그로 인한……]

'대체 왜 저거만 퍼스트라고 말하는 거야?'

[동정으로 정정하겠습니다.]

뺨 때리는 소리는 더 들리지 않았다.

백현은 다리를 꼬고 앉아 차게 식은 커피를 내려 보았다.

약속했던 시간보다 일찍 온 덕에 조금 기다리게 되었다. 원래는 혼자 올 생각이었는데. 사라가 또 어떤 년을 만나러 가는 것이냐며 따져대기에 그냥 떼어놓지 않고 데리고 왔다.

"죄송합니다."

문이 열렸다. 급하게 들어온 전태수는 소파에 앉은 백현과 사라를 본 즉시 고개를 꾸벅 숙였다.

"설마 이렇게 빨리 와주실 줄은 몰랐습니다."

"마침 어비스를 나와 있었거든요. 최근 너무 어비스에만 있기도 해서."

"이해합니다. 지금 동쪽으로 가고 계신다고 했지요? 샤나크 님은 잘 지내십니까?"

"지금 뭐 하고 있는지는 모르겠는데, 아침까지는 잘 지내고 있었어요."

전태수는 다행이라는 표정을 지으며 백현과 사라의 맞은편에 앉았다.

온갖 기행을 일삼는 샤나크지만, 한국에 온 뒤로는 난감할 만한 기행을 전혀 벌이지 않고 있었다. 초월적 존재인 사도를 대체 무슨 수로 통제하는 지가 궁금했지만, 그 방법을 안다고 해서 똑같이 할 자신이 없었기에 굳이 묻지는 않았다.

"사라 님은……?"

"같이 오겠다고 해서요. 괜찮아요?"

"당연히 괜찮습니다."

지금부터 나눌 이야기는 사라가 들으면 안 될 일에 속하는 것도 아니었다.

전태수는 옆구리에 끼고 있던 태블릿 PC를 올려놓으며 말했다.

"그러고 보니. 슬슬 서민식 씨가 귀국할 날이 되는군요."

"일주일 뒤에 온다고 했어요. 얌전히 입국할 테니까 마중 나오라고 하던 걸요."

"그사이에 만난 적은 없으십니까?"

"네."

어비스에서라도 볼 수 있으면 좋았겠지만, 서민식은 일본에 간 후로 한 번도 어비스에 들어가지 않았다. 그때, 호른 지하에서 보여준 '힘'이 여러모로 신경 쓰인 모양이었다.

"그래서. 오라고 부른 것을 보면, 어느 정도 윤곽이 잡혔나

보죠?"

의욕적으로 묻는 말에, 태블릿 PC를 조작하던 전태수가 시선을 올렸다.

"꽤 흥미가 생기신 모양입니다?"

지난번에 이 일에 대해 처음 들었을 때는, 별 흥미를 느끼지 않았었다. 하지만 정수아에게 고스트들에 관한 이야기를 듣고 나니. 이 일이 단순하게 고스트들 사이에 있는 알력 다툼이 아니라는 생각이 들었다.

아직 확실하지는 않지만, 이 일에는 대부분의 고스트들과 계약한 '암막의 주인'이 아닌 전혀 다른 신격이 개입되어 있는 것 같았다.

그 역시 속단하기는 이를 테지만. 백현은 부디 그랬으면 좋겠다고 간절하게 바랐다.

"기왕 할 일이니까. 열심히 하고 빨리 끝내려고요."

너스레를 떨며 대답했다. 전태수와 계약한 하이로드를 의식했기 때문이다.

전태수라는 사람은 호인(好人)에 속한다 생각하지만, 그와 계약한 군주는 다를 것이다. 당장 하이로드와 계약한 진 웨이만 해도 그랬고.

"아마 이 이야기를 들으면 더 흥미가 생기실 겁니다."

그럴 만한 종류의 이야기가 아니지만, 전태수는 자신만만한 태도를 보이며 빙긋이 웃었다. 그럴 만도 했다. 그의 눈앞에 앉은 백현은 사도 이상의 힘을 보유한, 인간이면서 군주에 한없이 가까운 존재였다.

"몇 달 동안 저희 쪽 정보부가 알아낸 것들입니다. 뒤쪽 세계의 브로커들까지 들쑤셔 가면서요."

책상 위에 있는 태블릿 PC를 백현이 보기 쉽도록 돌렸다.

"몇 달 전, 세 개의 대형 고스트 길드를 습격한 고스트. 그들은 자신을 '팔로워'라고 칭하고 있습니다."

"SNS 팔로워 같은?"

"여러 의미를 가지고 있는 단어이지만, 예…… 그 스펠링이 맞습니다. 아직 그 규모까지는 특정해 내지 못했지만, 보인 행보를 보건대 최소 수백 단위의 고스트들로 구성되어 있을 겁니다."

전태수의 손이 태블릿 PC의 액정을 두드렸다. 그가 켠 것은 조악한 화질의 영상이었다.

"힘들게 구한 영상입니다. 이걸 보시면, 왜 제가 흥미가 생길 거라고 했는지 이해하실 겁니다."

영상이 재생되었다. 그런 풍경은 아니었지만, 어비스가 아닌 현실에서 촬영된 영상 같았다. 영화에서나 들을 법한 총소리가 칙칙거리는 전자 잡음과 섞여 BGM처럼 깔려 있었다.

통일되지 않은 군복을 입은 헌터들이 총화기로 무장한 사람들을 학살해 대고 있었다. 그걸 본 사라의 얼굴이 뻣뻣하게 굳었다.

"허."

백현은 눈을 가늘게 뜨고 영상을 보았다.

"이 새끼들. 권능이 참 특이하네요."

한눈에 봐도 알 수 있었다.

학살을 벌이는 헌터들은, 무공과 흡사한 체술을 펼치며 뭔지 모를 마법까지 써대고 있었다. 그것도 개개인이 전부.

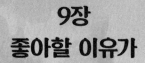

9장
좋아할 이유가

전태수가 기대한 대로였다. 백현은 짧은 영상을 몇 번이나 돌려보며, 헌터들이 사용하는 권능을 확인했다.

어떤 군주와 계약하든 간에, 헌터는 범인을 아득히 뛰어넘는 신체 능력을 갖게 된다. 그건 막 계약을 마친 레벨 1도 마찬가지다. 당연한 말이지만, 레벨이 높아질수록 헌터의 신체 능력은 강해진다.

하지만 영상 속 헌터들이 보여주는 '체술'은 강인해진 육체 능력에서만 기인된 것이 아니었다. 저건 틀림없는 권능이었다. 거기에 다양한 마법들까지 사용한다.

그건 말도 안 되는 일이다. 백현이 아는 군주 중에서 저렇게 범용성이 뛰어난 권능을 사용하는 군주는 없었다.

'무공인 것 같기도 하고. 아니…… 조금 다른가?'

조금 더 집중해서 보니 답을 알았다. 놈들이 사용하는 권능은 통일되어 있지 않았다.

군주의 모든 권능을 사용하는 것은 사도뿐이다. 그렇기에 사도는 상황에 따라 적절한 권능을 선택해 펼칠 수 있다.

영상 속의 헌터들이 펼치는 권능은 범용성이 넓으면서도 얕았다. 저들 모두가 사도일 리는 없으니, 개개인에게 주어진 권능이 다르다는 말이다. 그렇다고 저들 모두가 다른 군주와 계약한 것일 리도 없었다.

"어떠십니까?"

"재밌네요."

백현은 턱을 어루만지며 중얼거렸다.

전태수는 그럴 줄 알았다는 듯이 웃었다.

"그런데, 여기는 어디인가요? 쟤들이 죽여대는 상대는 누구고?"

"저 영상이 찍힌 장소는 콜롬비아입니다. 상대는 콜롬비아 마약 카르텔의 하위 조직이고요."

"엥? 그래요? 저기 탱크도 있던데?"

"콜롬비아의 마약 카르텔은 규모에 따라 다르기는 하지만, 군대 수준의 무장을 갖춘 곳도 있습니다. 애당초 지금 시대에서 저런 병기는 구시대의 것으로 취급되니까요."

그렇게 말할 만도 했다. 제대로 싸울 줄 아는 헌터라면 마법

한번 쓰는 것으로 탱크 이상의 화력을 낼 수 있다.

"왜 싸우는 건데요?"

"뭐…… 이유야 뻔하지 않겠습니까."

전태수는 쓴웃음을 지었다.

"콜롬비아를 포함해, 중남미 쪽에서 활동하는 카르텔은 국가 수준의 무력을 지니고 있습니다. 저곳에서 카르텔은 바로 근처에 있으며 공권력을 주저하지 않는 원초적인 폭력입니다."

그에 대해서는 백현도 기억하는 일화가 몇 개 있었다.

공개적인 자리에서 카르텔을 씹어댄 민간인이 백주 대낮에 총격을 받아 죽고, 카르텔을 취재하던 기자들이 쥐도 새도 모르게 사라졌다는 일화들.

"우리나라의 조폭 따위와는 격이 다릅니다. 저쪽에서 카르텔의 검은 지배는 당연한 것입니다. 게다가 무조건 폭력만 행사하는 것은 아닙니다. 일부 지역에서 카르텔의 보스는 영웅처럼 대해지기도 합니다. 그럴 수밖에 없죠. 넘치는 돈을 뿌려대며 학교와 병원을 짓고, 지역 주민들을 보호해 주기도 하니까요."

"무법 지대란 말이죠?"

"예. 당장 국가의 고위 인사 중에서 카르텔과 유착하지 않은 이들이 손에 꼽을 정도고, 청렴하고 정의로운 정치가들은 암살당하는 곳입니다."

과거에도 그랬지만, 지금은 더 심했다.

"중남미는 중동과 더불어 고스트의 낙원입니다. 대부분의 고스트가 저곳에서 태어나지요. 관리국이 진출해 있기는 하지만, 그 이름처럼 관리를 하고 있진 못합니다. 그렇다고 씨를 말리자니, 헌터도 결국 사람인지라……."

한 손으로 열 손을 막을 수는 없는 법.

카르텔이라는 거대한 폭력들이 유지되는 것은, 카르텔과 중남미의 정부가 온갖 부정부패로 얽혀 있기 때문이다.

"마약 생산과 판매로 벌어들인 막대한 자금. 그를 통해서 양성한 군사력. 헌터라는 개인이 병기로 취급되는 것이 지금 시대입니다. 카르텔은 진즉부터 그 지역 어비스를 장악하고 조직을 재정비했습니다. 먹을 자신이 있다면 그만한 먹잇감도 없죠."

"왜 그런 집단을 여태까지 내버려 둔 거예요?"

"나름의 선을 지켰기 때문이죠."

한숨 섞인 대답에 백현은 눈을 동그랗게 떴다.

"누구나 헌터가 될 수 있는 시대입니다. 우후죽순 생겨나는 헌터들은 몬스터를 사냥한 전리품들을 관리국에 팔면서 수입을 올리고 있어요. 그것만 해도 천문학적인 돈인데, 그 돈을 국민의 혈세만으로 감당하는 것은 불가능해요."

"뒷돈?"

푹 찌르는 말에 전태수는 씁쓸한 웃음을 지었다.

"부정한 일임은 압니다. 한국에서는 절대 일어날 수 없는 일이고요. 말하지 않았습니까? 중남미와 중동 지역에도 관리국은 진출해 있다고요."

즉, 그쪽 어비스 관리국의 웃대가리들이 고스트들과 유착하고 있다는 것이다.

어비스가 나타나기 전과 다를 것 없는 일이다. 총과 화기로 무장한 카르텔이 국가와 유착을 맺은 것처럼 말이다.

"그럼 견제할 것도 없는 일이잖아요. 그냥 돈 갖다 바치는 놈들이 바뀌었다 생각하면 될 텐데."

"콜롬비아의 관리국장이 암살되었습니다."

전태수가 고개를 저으며 대답했다.

"그와 유착하고 있던 카르텔들도 사냥당했어요. 당연히, 팔로워의 소행입니다. 그들은 관리국과 유착을 맺을 생각이 없는 모양입니다."

"지들끼리 다 해먹겠다는 건가."

"뭘 노리고 이런 과격한 짓을 벌이는지는 모르겠습니다만."

"사도들은요?"

"이야기는 전해두었지만 움직일 생각은 없어 보이더군요."

천존 때는 모든 사도가 천공성을 탐냈다. 하지만 이번에는 그들이 침을 흘릴 만한 먹잇감이 없다. 어쩌면 상황을 살피고 있는 것일지도 모르겠다.

"……영상 속의 헌터 중 한 명의 신원은 파악했습니다."

태블릿 PC의 화면이 바뀌었다.

"카를로스 발루. 멕시코를 근거지로 두고 있던 고스트 길드, '세지오 패밀리'의 말단……이었습니다만."

액정에 떠오른 것은 삼백안과 매부리코의 인상 사나운 거한이었다. 아까 영상 속에서 선두에서 날뛰던 놈이다.

"말단이라 할 실력은 아니던데요."

"추정 레벨은 50 정도였습니다. 세지오 패밀리에 있었을 때는 말이죠. 그리고, 카를로스는 암막의 주인과 계약한 고스트였습니다."

하지만 영상 속의 카를로스는 암막의 주인과 절대 어울리지 않을 권능들을 사용했다.

카를로스뿐만이 아니었다. 명단이 파악된 것은 총 세 명. 그 세 놈 모두 암막의 주인과 계약한 놈들이다.

설마 암막의 주인이 저런 대단한 권능들을 보유하고서 그를 감췄던 걸까?

"잘 알았어요."

백현은 태블릿 PC에서 보았던 내용을 모조리 기억하고 일어섰다.

"혹시 모르니까. 확인차 물어보겠는데요. 이 일. 제 마음대로 해도 되는 거죠?"

"……민간인의 피해만 어떻게 좀……."

전태수가 머뭇거리며 대답했고, 백현은 히죽 웃었다. 그는 딱딱하게 굳어 있는 사라의 얼굴을 한번 힐긋 보았다.

백현이 사라의 어깨에 손을 올리자, 그녀는 흠칫 몸을 떨며 백현을 돌아보았다.

"가자."

"다른 것들은 메일로 따로 보내 드리겠습니다."

고개를 꾸벅 숙이는 전태수는 뒤로하고 사라와 함께 관리 국 건물을 나왔다.

건물 밖으로 나올 때까지 사라는 입술을 꾹 다물 뿐 아무 말도 하지 않았다.

"너 왜 그래?"

걸음을 멈추고 사라를 돌아보았다. 저런 표정도 지을 줄 알 았나. 순간 그런 생각을 했다. 그만큼 사라의 표정은 낯설었다.

사라가 화를 내는 모습은 여태까지 참 많이 보았다. 별 시답 잖은 일로도, 사라는 악악 비명을 지르며 욕을 해대고, 주먹 을 휘둘러 대곤 했다. 그건 도원경을 나와서도 바뀌지 않았다. 가끔은 그 분노가 너무 과해 살기가 섞일 때도 있었다.

하지만 백현은 잘 알고 있었다. 그 과격한 감정이 허세처럼 부풀려진 것에 지나지 않는다는 걸.

백현이 겪은 사라의 살기는 단 한 번도 진심이었던 적이 없 었다. 복어가 몸을 부풀리는 것처럼, 단순히 상대가 겁을 먹도록 분노를 과장하는 것에 지나지 않았다. 백현이 아는 사라의 살기는 모두가 그런 것이었다. 사라는 진심으로 백현을 죽이려 한 적이 없다.

도원경에서 사라가 진심으로 죽이고 싶다 느낀 상대는 없다.

그건 도원경이 아닌 이 세계에서도 마찬가지였다. 이 세계에서도 사라가 분노한 적은 많았지만, 살기를 품은 적은 없었다. 그러니 낯설 수밖에.

"……죽일 거지?"

표정만큼이나 목소리도 낯설게 느껴졌다. 지금 사라의 눈은 백현을 보고 있었지만, 그 시선은 백현이 아니라 아까 보았던 참극이 자행되는 먼 땅을 향하고 있었다.

"그 새끼들. 죽여야 돼."

백현은 대답하지 않았다. 왜 사라가 저리도 격한 반응을 보이는 것인지 알아차리는 것이 늦었다.

다른 삶을 살았으니 어쩔 수 없는 일인가.

선계에서 설화봉 유운려를 통해, 사라가 본래 세계에서 어떤 삶을 살았는지 들었다. 멸망해 가는 그 세계. 전쟁이 끊이질 않고, 인간과 인간이 서로 죽여대는 참혹한 세계.

사라는 그 세계에서도 가장 밑바닥에 속하는 인간이었다. 전쟁과 죽음은 그녀에게 있어서 지워 버리고 싶어도 지울 수 없는 트라우마 같은 것이다.

사라는 TV를 보는 것을 좋아한다. 드라마와 영화 등. 극장에 간 적은 없고, TV의 VOD를 구입해서 본다.

몇 번인가 사라와 함께 소파 앞에 앉아 함께 영화를 본 적이 있다. 그 당시에는 별생각이 없었다. 신작 영화로 얼마 전에 극장에서 내려온 전쟁 영화가 새로 나와서, 저거나 보자던 말에.

절대 안 봐.

늘 그랬다. 사라는 절대로 전쟁 영화를 보지 않았다. 스릴러와 공포 영화는 꽤 자주 보았지만, 사람이 무더기로 죽어나가는 류의 영화도 절대 보지 않았다.

"표정 풀어."

사라의 어깨를 잡았다. 평소라면 뺨을 발그레 물들였겠지만, 지금의 사라는 감정이 고장 난 것처럼 아무 반응도 보이지 않았다.

"너 그런 표정 짓는 거, 진짜 하나도 안 어울려."

대답 없는 사라의 머리 위에 손을 얹어, 차분하게 앉은 머리카락을 마구잡이로 헤집어주었다. 그런데도 사라는 아랫입술을 잘근 씹기만 했다.

"그리고 왜 당연한 걸 물어봐?"

굳은 표정의 사라 대신에, 백현은 빙긋 웃어주었다.

"나도 그런 새끼들 싫어."

좋아할 이유가 없었다.

[그러니까.]

꽤 오랜만에 듣는 목소리지만, 조금도 반갑다는 생각이 들지 않는다. 기왕이면 앞으로 평생 듣고 싶지 않았다. 하지만 결국 이렇게 다시 듣게 된다.

이 바라지도 않은 주종 관계. 섬기고 싶지 않은 이를 주군으로 섬겨야 한다는 것이 끔찍했다.

[네 휘하 길드들이 사냥당했다?]

"……네."

헤루샤는 감정을 드러내지 않으려 노력했다. 아마 잘된 것 같았다.

어떤 의미에서 헤루샤는 그런 재주를 타고났다. 사실 자각하지도 못했던 재주이지만, 그녀와 계약한 '암막의 주인'은 헤루샤가 알지도 못했던 재능을 높이 사서 많은 것을 주었다.

[무슨 일인지 알겠군.]

심드렁한 목소리였다.

헤루샤는 눈앞에 있는 수정구를 노려보았다. 단순한 통신

아티펙트가 아니다. 저건 신격인 암막의 주인과 혈사자가 직접 사용하던 신물로, 어비스와 현실을 가리지 않고 둘 사이의 연락을 이어놓는다.

[최근에 관리국 쪽에서 부탁이 들어왔었지. 카르텔이 어쩌고 중동이 어쩌고 하면서…… 고스트를 손봐달라길래 꺼지라고 했더니. 그게 꽤 커진 모양이지?]

"……그런 이야기를 들으셨습니까?"

침착한 목소리로 물었다.

헤루샤는 암막의 주인의 예비 사도였지만, 관리국에 등록되지 않은 고스트다. 그렇기 때문에 관리국 쪽의 정보에는 어두울 수밖에 없었다.

[사도인 내가 나설 것도 없는 일이라 생각해서 무시했지.]

"제게 말이라도 해주셨으면 좋았을 텐데요."

무조건 감정을 숨기진 않는다. 헤루샤는 여기서는 이렇게 되물어도 괜찮다고 판단했다.

암막의 주인은 그녀에게 충직한 종이 되라 명령했고, 헤루샤는 그 명령을 거절할 수 있는 입장이 아니었다.

그렇다지만 무조건 충직한, 시키는 것을 다하고 죽으라면 죽는 노예가 될 생각은 없었다. 최소한의 반항도 하지 않는다면 정말 노예처럼 부려 먹히게 될 뿐이다.

헤루샤는 저 미덥지 못한 주군이 자신을 의심하고 경계하기를 바라고 있었다.

[내가 너에게 하나하나 보고해야 하는 거냐?]

"주군. 제 모든 것이 주군의 것입니다."

싸늘하게 되묻는 목소리에, 헤루샤는 천천히 말을 이었다. 거짓말이었다.

"그건 제 휘하 길드도 마찬가지입니다. 만약 주군께서 관리국에서 들은 것을 제게 일러주셨더라면, 저는 주군의 것을 지키기 위해……."

[줘도 안 가질 것들.]

카르파고가 이죽거렸다. 헤루샤는 하던 말을 즉시 멈췄다.

"……물론 주군의 눈에는 한참이나 부족할 겁니다. 하지만 없는 것보다 낫지 않겠습니까? 저희는 어쨰신입니다. 주군이 굳이 하지 않아도 될 더러운 일들을 대신하고, 주군의 명령에 따라 죽음도 불사할 수하들입니다."

[글쎄…… 말처럼 태도도 충성스러우면 좋을 텐데 말이야.]

미심쩍다는 반응이 싫지는 않았다. 헤루샤가 원하는 건 이 정도의 거리감이었다. 정말 써먹을 수 있는지 없는지 경계하는 정도.

[뭐 이미 늦어버린 걸 어쩌겠어? 그래서, 전부 잃었다는 거냐.]

"전부는 아닙니다. 하지만 굵직한 길드들이 괴멸되었죠."

그건 카르파고와의 관계를 둘째치고서라도 뼈 아픈 일이다. 가장 큰 문제는, 헤루샤 또한 대체 이 일이 '어떻게' 벌어지는 것인지 알지 못한단 것이다.

[어떤 새끼인지도 모른다고 했지?]

"네. 제가 섬기는 군주 역시 이 일에 당황을 느끼고 있습니다."

[관리국에게 들었을 때는 고스트들끼리의 다툼인 줄 알았는데 말이지.]

이건 카르파고의 거짓말이었다.

처음부터 미심쩍게 여겼던 일이고, 굳이 나서지 않은 것은 헤루샤의 반응을 보기 위해서였다. 암막의 주인과 헤루샤가 다른 마음을 먹고 휘하 길드를 의도적으로 충돌시킨 게 아닐까 했는데. 이쯤 되면 의심은 거둬도 될 것 같았다.

[일단 계속 알아봐. 난 당장 움직일 수 없으니까. 지금 어디라고 했지?]

헤루샤는 곧바로 대답하지 않고 고개를 돌렸다. 굳이 선택한 추레한 방. 곰팡내 풍기는 벽에 서서 창밖을 보았다.

"……메데인입니다."

콜롬비아 제2의 도시. 수십 년 전, 세계 마약 시장을 쥐락펴락하던 마약 카르텔이 군림했던 도시다.

"아, 아."

백현은 목을 어루만지며 목청을 가다듬었다. 오랜만에 만난 발렌시아는 그런 백현을 보며 한심하다는 표정을 지었다.

"여기서 하는 게 무슨 의미야? 어비스에서 쓰는 언어는 통일되어 있다고."

"하긴, 그렇지."

타당한 지적이었다.

백현은 목을 휘감은 초커를 살짝 당겼다. 평생 액세서리에 관심을 둔 적이 없는데, 지금의 백현은 목걸이를 세 개의 목걸이를 차게 되었다.

"뭔 힙합도 아니고."

뼛조각을 엮어 만든 파라넥트. 얇은 금속제의 하블. 거기에 개 목걸이를 연상시키는 가죽 초커까지.

기왕 목걸이의 형태라면 수수한 것을 원했는데, 발렌시아는 개인적인 의뢰에도 자신의 취향을 듬뿍 담았다.

"기능은 네 요구대로 맞춰줬으니, 나머지는 내 입장도 생각해야지. 이래 보여도 난 CEO라고."

브라이트. 발렌시아가 직접 런칭한 프리미엄 아티펙트 브랜드.

당연한 말이지만, 브라이트는 순항 중이었다. 본래 아티펙트 시장은 발렌시아와 그녀의 길드인 마이스터의 독무대였고, 최고급을 앞세운 브라이트의 아티펙트는 돈이 썩어나는 헌터들도 없어서 구하지 못할 정도였다.

"내가 첫 번째 모델이잖아. 난 이런 스타일 안 좋아해."

"속옷 갈아입기 귀찮다고 세탁 필요 없는 속옷을 주문한 놈과 스타일에 대해서 떠들고 싶지는 않은걸. 나랑 스타일에 대해 논하고 싶거든, 우선 그 지저분한 머리카락부터 어떻게 해."

발렌시아는 그렇게 말하면서 걸친 코트의 주머니를 뒤적거렸다.

그녀가 꺼낸 것은 멋들어진 금속 팔찌였다. 이번에 목걸이를 부탁할 때, 발렌시아가 겸사겸사라며 아라크네를 보수해 준 것이다.

"네 요구대로 마법을 추가로 인챈트하기는 했는데, 그걸 어디에 쓰려는 거야? 기왕 추가할 거면 아예 공격 마법을 인챈트하고 싶었는데."

"이거로 쓰는 마법보다 내가 맨손으로 때리는 게 훨씬 셀걸."

"……뭐…… 출력에 한계가 있는 것은 어쩔 수 없으니까."

그다지 인정하고 싶지는 않은 사실이었지만, 직접 본 적이 인정하지 않을 수도 없었다.

"그보다. 오늘은 왜 혼자야? 싸우기라도 했어?"

"싸우기는. 점검해 볼 것이 있어서 못 데려온 거야. 잘 지내니까 신경 쓰셔."

늘 데리고 다니던 비서와 함께 오지 않은 것이 신경 쓰여서 물었더니, 발렌시아는 코웃음을 치며 대답했다.

천공성에서 보았던 현자의 돌. 절대 모방할 수 없는 물건이기는 했지만, 봐두는 것만으로 의미는 있었다.

"그런데 너. 영어도 할 줄 알지 않던가?"

발렌시아가 고개를 갸웃거리며 물었다. 산토리니에서 어눌하기는 해도 영어를 사용하던 백현의 모습을 기억한 것이다.

그 이후로도 영어와 중국어 공부는 쭉 해서, 이제는 현지인과 무리 없이 대화를 나눌 수준이 되었다.

"거긴 영어 말고 에스파냐어를 쓴다더라고."

"타이밍이 딱 맞았네."

천공성의 거실에는 사라와 샤나크가 앉아 있었다.

백현은 살짝 굳어 있는 사라에게 통역 아티펙트인 초커를 건네주었다.

"난 에스파냐어 할 줄 안다."

다리를 꼬고 앉아 기타를 조율하던 샤나크가 말했다. 하지만 백현은 콧방귀를 뀌며 대답했다.

"네 통역을 믿을 수 있어야지."

"왜 못 믿는다는 거냐."

"평소에도 헛소리를 해대는 놈을 어떻게 믿어? 그래, 에스파

나아나 해봐. 잘 되나 시험해 보게."

급하게 에스파냐어를 배울 여유가 없었기에, 굳이 부탁해 가며 아티펙트를 받아왔다.

샤나크는 영 불만스러운 표정이었지만, 백현이 시키는 것을 거절하지는 않았다.

"따라오기는 했지만, 난 이 나라를 좋아하지 않아."

매끄럽게 잘 들렸다. 딜레이도 없어서 대화에 문제는 없었다.

"왜 싫다는 거야?"

"좋은 기억이 없기 때문이지. 말하지 않았나? 난 예전에 현상금 헌터였다고."

들었던 이야기다.

"이 나라에 직접 온 적은 없지만, 이 나라에서 활동하는 고스트는 셀 수 없이 많이 죽였지. 놈들이 내게 건 현상금도 아직 남아 있을 거다."

샤나크는 그렇게 말하면서 기타 줄을 뜯었다.

지잉.

앰프에 연결되지 않은 일렉 기타가 낮은 소리로 울었다.

"카르텔뿐만이 아니지. 이 나라는 카르텔의 보호를 받는 지역도 많고, 대부분의 정치가들도 그들과 연관되어 있어. 아마 전 세계에서 이 나라가 제일 나를 싫어할 거다."

"가기 싫다는 거지?"

대놓고 말은 하지 않았지만, 뉘앙스만으로 충분했다. 샤나크는 천천히 고개를 끄덕거리며 옆에 있는 노트를 들었다.

"마침 괜찮은 악상이 떠올랐다. 찾아올 놈도 없겠지만, 여길 지키고 있으마."

가기 싫다는데 억지로 끌고 갈 이유는 없었다. 진심으로 이 나라를 꺼려하는 것 같은 태도가 평소와는 달라 희한하긴 했지만.

백현은 샤나크의 곁에 앉아 있는 봉제 인형을 힐긋 보았다.

[이해해 줘. 사실 네가 아니었다면 여기까지 오지도 않았을 거야.]

'알았어요.'

[오래 걸리진 않겠지? 흑장미여왕의 영지에도 거의 다 왔으니까, 기왕이면 빨리 끝내고 어비스로 돌아가자.]


복도를 지나 천공성 밖으로 나오자, 저 아래에서 도시가 보였다.

메데인. 콜롬비아의 수도인 산타페데보고타 다음으로 번화한 도시다. 거대 카르텔들의 지배를 받는 도시라길래 지저분한 할렘가를 연상했는데, 의외로 메데인은 겉보기에는 멀쩡했다.

"바로 죽이러 가는 거야?"

사라가 물었다. 좋지 않은 의미로 의욕적이었다. 바다 건너 콜롬비아까지 오는 내내 사라의 태도는 저랬다.

"어디에 있는지 알아야 죽이러 가지."

백현은 그렇게 중얼거리며 초커를 더듬었다. 그러자 백현의 얼굴이 전혀 다른 사람의 얼굴로 바뀌었다. 손등을 내려 보니 피부까지 하얗게 변했다.

핸드폰 카메라로 얼굴이 바뀐 것을 확인한 뒤 사라에게 눈짓을 보냈다.

"얼굴 팔린 것도 피곤하다니깐."

"난 네 얼굴이 좋아."

사라가 중얼거렸다.

하지만 어쩔 수 없는 일이었다. 처음부터 일이 틀어지면 귀찮고 피곤해진다.

얼굴을 바꾸고 기척마저 감춘 뒤에 하늘을 날았다. 핸드폰의 지도 어플을 확인하면서 비행한 지 십 분 정도.

핸드폰이 웅웅거리면서 목적지에 도착했다고 알려주었다.

"넌 가만히 있어. 대화는 내가 할 테니까."

"날 뭐로 보는 거야? 나도 대뜸 사고 칠 생각은 없어."

"뻥을 치려면 살기부터 좀 감추고 해라."

쏘아붙이는 말에 사라가 입술을 삐죽 내밀었다. 그래도 시키는 대로 살기는 깔끔하게 감춘다.

무슨 일이든 간에 첫 단추를 잘 끼워야 하는 법이고, 사라도 그것은 잘 알고 있었다. 하지만 납득과 심리적인 불쾌는 전혀 별개의 이야기였다.

우선 관리국과 결탁한 브로커라는 놈을 만나야 했다. 전태수에게 들은 이야기에 따르면, 놈은 저 아래 주택가에서 카페를 운영한다고 했다.

"닫혔는데?"

사라가 눈을 찡그렸다.

기껏 첫 단추는 잘 채우기로 마음먹었는데. 초장부터 일이 삐걱거리려 했다. 브로커가 운영한다는 카페는 추레한 건물의 1층 한편을 차지하고 있었는데, 'CLOSED'라고 적힌 팻말이 문고리에 걸려 있었다.

"이 새끼. 우리가 오는 줄 모른다고 했지?"

"응. 관리국 쪽에서도 따로 말을 전하진 않았다고 했어."

백현은 문틈 사이에 손바닥을 갖다 댔다.

"안에 사람이 있어."

사라가 소곤거렸다. 카페는 닫혔다지만 안쪽에서 기척이 느껴졌다.

아라크네에서 은사가 풀려 나왔다. 기를 머금은 은사가 문틈 사이로 들어갔다.

잠금장치를 통째로 절단한 뒤, 백현은 천천히 문을 열었다.

외관만큼이나 내부도 허름했다. 카페 특유의 커피 향은 전혀 나지 않았고, 텁텁하고 구린 담배 냄새가 고여 있었다. 그 외에 뭔지 알 수 없는 냄새가 더 있었다.

우득.

자른 잠금장치를 손으로 뭉개 억지로 이어놓았다. 혹시 누가 더 올까 봐 문을 다시 잠근 것이다. 그로도 부족하다 싶어, 은사를 끊어 문고리에 매듭을 묶었다.

"안쪽이야."

"뭘 그렇게 작게 말해?"

"스파이 영화 안 봤어?"

방금 전까지만 해도 마음에 들지 않는단 티를 팍팍 내더니, 이런 일은 꽤 재미있는 모양이었다. 평소 같았으면 왠 헛소리냐며 한마디 해주었겠지만, 지금은 사라의 저런 모습이 반가웠다.

"쉿."

그래서 어울려 주었다.

백현은 사라의 입술에 검지를 붙였다. 살짝 움찔한 사라가 고개를 끄덕거린다.

이미 그녀의 머릿속에는 턱시도를 입은 스파이 영화의 BGM이 흐르고 있었다.

카운터 안쪽에 창고가 아닐까 싶은 문이 있었다. 인기척은 그 안쪽이었고, 뭔지 모를 냄새도 그곳에서 풍기고 있었다.

그곳 역시 문은 잠겨 있어서 은사를 사용했다. 지하로 이어지는 계단이 나타났다.

점멸하는 불빛을 보며 사라는 꿀꺽 침을 삼켰다.

상황은 그녀의 기대대로 흐르고 있었다. 이대로 아래로 내려가면 처참하게 살해된 브로커의 시체를 보게 될 것이고, 거기서부터는 현장에 남은 흔적을 토대로 흉수를 탐색해야 할 것임이 틀림없었다.

그건 어디까지나 사라의 바람일 뿐이었다. 계단은 고시원방 정도 크기의 원룸과 이어져 있었고, 지저분한 침대 위에는 시체였어야 할 브로커가 널브러져 누워 있었다.

"미친."

사라의 얼굴이 일그러졌다. 브로커가 속옷 차림이라는 것보다는, 불룩 솟아오른 트렁크 속옷의 중심 때문이었다.

'아직 저 자식 것도 본 적이 없는데!'

눈이 썩는 것 같았다. 사라는 즉시 고개를 돌려 눈을 질끈 감았다. 백현도 표정을 일그러뜨리며 브로커를 보았다.

놈은 자신의 추잡한 꼴을 누군가 보고 있다는 것도 깨닫지 못하고 있었다. 주둥이에 물고 있는 금속 파이프 때문이었다.

겉보기에는 전자 담배와 다를 것이 없는데, 뭉게뭉게 피어오르는 자주색 연기가 이 고약한 냄새의 근원지였다.

그걸 열심히 빨아대는 브로커의 눈은 게게 풀렸고 입술 사이에서 침이 흘렀다.

우선, 손가락을 튕겨 놈이 물고 있는 파이프를 떼어놓았다.

그러나 여전히 놈은 인사불성이었다.

백현은 성큼성큼 침대로 올라가서, 브로커의 뺨을 갈겼다. 하지만 마약에 흠뻑 취해서, 뺨을 갈겨도 실실 웃기만 했다.

그걸 본 백현은 미련 없이 브로커의 손목을 잡았다.

도원경에서 몇 번인가 당했던 분근착골. 그걸 제대로 쓴다면 놈이 뒈져 버릴 것이 뻔했으니, 그냥 엄청나게 아픈 정도로 위력을 조절했다.

"끄어어억!"

기대했던 대로 비명이 터져 나왔다. 브로커는 눈을 까뒤집고 게거품을 물었다.

백현은 내친김에 놈의 혈도에 내공을 흘려보냈다. 정신이 들기는 했어도 멀쩡진 않았으니, 일단 몸의 약 기운을 죄다 태워 버리기 위해서였다.

"뭐, 뭐야? 뭐냐고!"

"안녕하세요."

발작하는 브로커의 몸을 꽉 잡고 내공을 흘려보냈다. 놈의 입과 코, 귀에서 시커먼 연기가 뿜어져 나왔다.

"갑자기 이러는 건 좀 미안하지만 뭐…… 어쩔 수 없잖아요."

그건 어느 정도 진심이었다.

"이…… 이런 얘기는 못 들었는데. 갑자기 찾아오면 곤란……."

브로커. 헤도르는 침대에 꿇어앉아 입술을 웅얼거렸다. 약에 찌든 정신이 지금은 참 맑았는데, 그게 어색해 죽을 지경이었다.

"뭐 어때요. 어차피 당신은 관리국과 같은 편 아니에요?"

"예? 예…… 예. 같은 편이죠."

헤도르는 빠르게 고개를 끄덕거렸다. 슬며시 불만을 내비친 순간, 백현의 뒤에 있는 사라가 은밀한 살기를 쏘아냈기 때문이다.

저 남녀가 누군지는 모르지만, 여기서 깝죽댔다가는 아까의 그 빌어먹게 아픈 일을 또 겪은 뒤 진짜 죽을지도 모른단 생각이 들었다.

"그…… 너무 기분 나쁘게 생각은 하지 마시고. 팔로워 때문에 오신 거죠?"

"그 일 말고 왜 왔겠어요?"

"그럼 제 신변의 안전은 보장되는 겁니까?"

재빨리 묻는 말에 백현은 고개를 갸웃거렸다. 그 일에 대해서는 따로 들은 것이 없었다.

"신변의 안전? 그게 무슨 소리예요?"

"예? 제가 협력하면 고스트로서의 죄를 없던 것으로 해주고 보호해 주는 것 아니었습니까?"

이거도 처음 듣는다.

"그건 저희 말고 다른 윗선에 물어보세요."

"콜롬비아의 관리국장이 그 미친 새끼들한테 암살당했단 말입니다. 제 안전이 보장되지 않는다면 협조하지 않겠⋯⋯."

"지금 죽을래?"

"아뇨."

헤도르의 고집은 빠르게 끝났다.

짧은 말 한마디로 헤도르의 협조를 끌어낸 사라는 흥하고 코웃음을 쳤다.

"⋯⋯잠깐만요."

울며 겨자 먹는 심정으로 이야기를 시작하기 전, 헤도르의 핸드폰이 진동 소리를 냈다.

"뭐예요?"

"어⋯⋯ 별것 아닙니다."

"누구한테 온 연락이에요? 친구?"

"그냥 같은 직업을 하는 지인입니다. 손님이 상품을 구하고 있는데, 지금 자기가 가진 것이 없다고 저한테 좀 빌리고 싶다네요."

"무시해요, 그럼."

"네."

헤도르는 반항하지 않고 고개를 끄덕거렸다.

"다, 답장이 안 오는데…… 그러면……."

"어쩔 수 없죠."

무덤덤한 대답에 남자의 얼굴이 일그러졌다. 그는 절망적인 심정으로 뭐라 더 말을 하려 했지만, 굳이 들을 필요가 없는 말이었다.

잘린 머리가 바닥을 구를 때, 헤루샤는 이미 몸을 돌려 걷고 있었다.

치이익.

구르다 멈춘 머리와 시체가 검은 연기를 뿜으며 녹는다.

'팔로워.'

저 남자는 가장 최근에 그놈들과 접선한 브로커가 누구인지 알고 있다며, 헤루샤에게 목숨을 구걸했다. 하지만 당장 필요한 정보는 이미 손에 넣었으니 꼭 만날 필요가 있는 놈은 아니다.

콜롬비아 카르텔의 주된 수입은 당연히 마약이다. 놈들은 메데인이 자리 잡은 안데스산맥의 깊숙한 곳에서 마약 농장을 운용하고 있다.

본래 그 농장은 이전에 이 도시에서 활동하던 '세르파 카르텔' 의 소유였지만, 그 세르파 카르텔은 팔로워에게 이미 장악되었다.

본래 그 세르파 카르텔도 헤루샤의 것이었다. 그렇기 때문에 농장의 위치는 이미 알고 있었다.

하지만 헤루샤는 섣불리 움직이려는 마음은 조금도 가지고 있지 않았다. 그녀가 암막의 주인의 예비 사도이긴 했지만, 이 일은 이미 그녀의 힘으로 어찌해 볼 규격을 벗어났다.

"내일쯤인가?"

헤루샤는 긴 한숨을 내쉬며 방을 나섰다.

예정대로라면. 내일, 보고 싶지 않은 주군이 이 도시에 도착할 것이다.

# 10장
# 적한테는

"놈들은 미쳤어요."

과해도 너무 과했다.

"고스트라고 해도 넘지 말아야 할 선이 있는 법이라고요."

고스트라고 해서 무조건 막무가내인 것은 아니다. 그들도 나름의 불문율이란 것이 있다.

그건 카르텔도 마찬가지다. 헌터의 시대가 열리기 전부터 중남미의 카르텔은 악명이 높기는 했지만, 오히려 지금 같은 세상에서 카르텔의 악명은 줄었다. 헌터의 힘에서 너무 차이가 벌어지기 때문이다. 이전 세상에서는 일반인이 총을 들고 다니는 것이 흔하지 않았고, 설령 총을 들었다고 해도 누군가를 향해 쏘는 것이 익숙하냐는 별개의 문제였다.

하지만 지금 세상은 어떤가? 모든 사람이 어비스에 들어가 총보다 더한 힘을 얻고, 몬스터를 잡아가며 그 힘을 사용하는 것에 익숙해지는 게 지금의 세상이다.

최상위 레벨의 헌터라면 군대에 준하는 힘이다. 여태까지 카르텔은 이 지역에서 근절될 수 없는 범죄 집단이었지만, 그렇다고 여태까지 카르텔이 군대에 격파당한 적이 없었던 것은 아니었다. 당장 수십 년 전에 메데인을 호령했던 마약왕이 어떻게 죽었던가?

"본래 메데인을 지배하던 세르파 카르텔은 그 선을 잘 지켰습니다. 세계의 마약 시장에서 콜롬비아가 유통하는 마약이 얼마나 큰 비율을 차지하는지 아세요? 전성기 때의 메데인 카르텔은 단독으로 세계 코카인 시장의 80%를 쥐고 있었어요. 지금이야 그만큼은 아니지만."

마약왕의 죽음 후 메데인 카르텔은 풍비박산 났다. 거기서 시간이 흘러 헌터의 시대가 열린 후, 메데인 출신의 세르파가 고스트가 되어 카르텔을 규합하고 보스가 되었다.

"세르파는 많은 일을 했죠. 마약을 팔아 번 돈을 여기저기 찔러주고, 지역을 위한 복지도 많이 했습니다. 광산업도 착실하게 하면서요. 특히 이번에 뒈진 콜롬비아 어비스 관리국장이 세르파에게 돈을 엄청나게 받아 처먹었어요."

"그런데 다 죽어버렸다?"

"말했잖아요. 팔로워, 그 새끼들은 미쳤다고."

헤도르의 어깨가 부르르 떨렸다.

"갑자기 나타난 놈들은 대뜸 세르파 카르텔의 마약 농장을 습격하고, 세르파의 비밀 별장까지 찾아 가 놈의 목을 썰어버렸어요. 사실 거기서 끝났다면 별문제는 없었을 거예요. 카르텔 간의 알력 다툼은 흔하니까. 세르파 카르텔이라는 이름은 바뀌겠지만, 중요한 건 뇌물 아니겠어요? 뇌물을 주는 놈이 바뀌는 것이지, 뇌물이 안 들어오는 것은 아니니까."

하지만 팔로워는 세르파 카르텔을 괴멸시키는 것에서 멈추지 않았다. 관리국장을 암살한 것은 명백히 선을 넘은 행위였다.

"그래서 내가 온 거예요."

백현은 심드렁한 얼굴로 대답했다. 그 말에 헤도르의 입술이 씰룩거렸다. 소리 내어 웃지 않았지만, 당장에라도 웃어버리고 싶다는 얼굴이었다.

"둘이 전부입니까?"

"하나 더 있기는 한데."

"셋? 이봐요, 오해하지 말고 들으세요. 개죽음당하기 싫으면 당장 관리국에 연락해서 지원 병력을 더 보내달라고 해요."

"안 그래도 될 것 같은데?"

"당신들이 개죽음당하면 그 새끼들은 가장 먼저 브로커들을 족칠 겁니다. 정보가 새어나갈 곳은 브로커뿐이니까."

신변의 안전을 보장해 달라 한 것이 그 때문인 모양이다.

하지만 백현의 표정은 여전히 심드렁했다.

"그럴 일은 없을 테니까 너무 걱정 마시고요. 그보다 궁금한 건 이거예요. 그래서, 놈들이 대체 어디에 있다는 건데요?"

"……농장에 있겠죠."

"거기가 어딘데요?"

"그걸 제가 어떻게 알아요? 농장의 위치는 극비 중 극비에요."

둘이서 왔다는 무모함에 질려 버렸다. 마음 같아서는 더 협조해 주고 싶지 않았지만, 이쪽을 빤히 보는 사라의 시선이 너무 무서웠다.

"나도 말단이에요. 그냥 이 도시의 서민들에게 마약을 파는 것뿐이라고요. 나처럼 말단인 카르텔 조직원에게 소량의 마약을 구매하고, 그걸 다시 파는 것뿐이죠."

"그럼 당신한테 마약 파는 놈은 어디에 있어요?"

"……그게…… 이게 운이 좋다고 해야 하나 × 됐다고 해야 하나……."

헤도르는 속 시원히 털어놓지 못하고 머뭇거렸다.

이번에는 사라 대신에 백현이 나섰다. 헤도르의 손이 백현에게 덥석 잡혔다.

"억!"

기혈을 타고 흘러온 내공에 헤도르는 꽥 비명을 질렀다.

브로커 쪽에서 카르텔의 조직원에게 연락을 넣을 방법은 없었다. 그들은 매달 정해진 접선 장소에서 만날 뿐이었다.

헤도르가 운이 좋다고 한 이유는, 오늘이 접선 장소에서 마약을 구매하는 날이기 때문이었다. × 됐다고 한 것은 백현과 사라가 미덥지 못하기 때문이었고.

메데인을 빠져나간 낡은 지프가 산지를 덜컹거리며 달렸다. 한 시간 이상 내리 달린 헤도르의 지프가 도착한 곳은 조그만 커피 농장이었다.

여기서 생산되는 것은 정말 커피뿐이다. 어디까지나 접선 장소로 쓰이는 곳이기 때문이다. 일단 헤도르는 카페 주인이라, 저렴한 커피콩을 구입한다는 것이 웃기는 핑계였다.

백현과 사라는 하늘 위에서 커피 농장을 내려 보았다. 농장의 노동자 중 헌터로서의 힘이 느껴지는 놈들이 몇 있었지만, 조무래기 수준이었다.

하지만 건물의 뒤쪽. 제법 괜찮은 수준의 힘들이 느껴졌다. 그래 봤자 백현의 상대는 아니었지만, 일반적인 헌터의 관점에서 본다면 충분히 최상위 레벨에 들 정도였다.

"대뜸 다 죽이면 안 돼."

우선, 사라에게 그것을 경고했다.

"일단은 죽이지 말고 제압하자. 들어야 할 것들이 있으니까."

"팔은 뽑아도 되지?"

"음…… 아마 안 될걸. 보통 사람은 팔 뽑히는 거로 죽어."

쇼크사하거나, 과다 출혈로 죽거나.

백현은 불만 섞인 사라의 표정을 보며 말을 이었다.

"뽑지 말고 부러뜨리는 건 괜찮아. 근데 내장 터뜨리는 건 절대 안 돼."

"알았어."

섬뜩하기 짝이 없는 이야기들이 오갔지만, 백현과 사라는 일상처럼 그런 이야기를 했다.

사라는 당장에라도 아래로 내려가 날뛰고 싶다는 얼굴이었지만, 일단은 참았다. 습격은 헤도르가 거래를 마치고 농장을 나간 순간에 벌이기로 말을 맞춰놓았기 때문이다.

"억!"

하지만 세상일이라는 것은 마음처럼 흘러가지 않는 법이다. 아무 일 없이 끝마쳐야 할 거래인데, 헤도르가 돼지 멱따는 것 같은 비명 소리가 들렸다.

백현과 사라는 서로를 잠시 쳐다보다가, 누가 먼저랄 것도 없이 함께 건물 뒤편으로 날아갔다.

"아하."

백현은 실없는 웃음소리를 내었다.

비명을 지른 헤도르는 멀쩡했다. 오히려 그는 저 열 명의 고스트 뒤에서 의기양양한 표정을 짓고 있었다. 굳이 듣지 않아도 알 수 있었다. 함정이었다.

"한 명 더 있다고 했지?"

고스트 중에서 아는 얼굴이 있었다. 태블릿 PC의 영상에서 보았던 놈. 카를로스 발루였다.

놈은 눈 주변의 문신을 손으로 문지르며 말했다.

"다고가 없어졌던데. 저놈의 동료가 한 짓인가?"

"다고가 누구야?"

처음 듣는 이름이다. 정말 아무것도 몰라서 고개를 갸웃거리자, 헤도르가 재빨리 카를로스에게 말을 걸었다.

"아마 그럴 겁니다. 아까 전에 다고한테 연락이 왔었는데, 저보고 그냥 무시하라고 했거든요."

"그런데 그 한 명은 어디에 있나?"

"그건 저도 잘…… 저를 찾아온 건 두 명뿐이었습니다."

헤도르는 굽신거리며 대답했다.

카를로는 잠시 그를 쳐다보다가, 백현에게 고개를 돌렸다. 이미 그를 제외한 다른 고스트들은 백현과 사라를 빙 둘러싸고 있었다.

"처음부터 함정이었나?"

그들이 뿜어대는 살기가 백현의 피부를 쿡쿡 찔렀다. 하지만 백현은 그걸 신경 쓰지 않고 헤도르를 향해 물었다.

"꾀어내라고 했지."

대답한 것은 카를로스였다.

"관리국장까지 암살했으니 관리국이 움직일 건 뻔했으니까. 하지만 둘…… 아니, 셋밖에 안 될 거라는 생각은 안 했는데."

처음부터 함정이었단 말이다. 브로커를 통해 관리국의 헌터를 끌어들이는 것.

"뭘 자신감으로?"

백현은 어이가 없어서 그렇게 물었다.

하지만 어이없어하는 것은 카를로스와 고스트들도 마찬가지였다. 두 명밖에 안 되면서 뭐 저리 목이 빳빳하단 말인가?

"이렇게까지 하면서 관리국 들쑤셔서 뭐 하게? 건드려서 뭐 좋을 게 있다고. 사실 관리국 헌터 나부랭이들도 그리 대단한 건 아닌데, 너희보다는 셀걸."

"하하!"

백현의 말에 카를로스가 웃음을 터뜨렸다. 자신감 충만한 웃음이었다.

'꼴값 떨기는.'

백현은 그런 생각을 하면서 말을 이었다.

"그리고 말이야. 사도가 오면 어쩌려고? 사도 하나만 와도 너희 다 개 털릴 텐데."

"그걸 원해서 이런 일을 벌이는 거다."

카를로스가 대답했다.

그 말에 백현은 귀를 활짝 열었다.

"하지만 곧 죽을 너희가 알 필요는 없겠지. 어떻게 죽을 지
나 말해줄까?"

"아니, 그건 됐고. 뭘 원한다는……."

"나불거리는 넌 이를 모조리 뽑고 팔다리 힘줄을 자른 뒤,
발정제를 처먹인 노동자 숙소에 하룻밤 던져주마. 그 뒤에 피
부를 모조리 저미고, 머리를 잘라서……."

"아니, 됐다니까."

"저 여자는 너보다 조금 오래 살겠지만, 너랑 비슷한 일을
겪고서 죽을 거야. 좀 썩긴 하겠지만, 너희 머리들은 메데인 광
장에 함께 걸어주마. 그러면 관리국도 다른 헌터들을 보내겠
지. 사도가 올 때까지는 얼마나 걸릴지 모르겠지만."

"사도 불러서 뭐 하게?"

백현은 다시 한번 물어보았지만, 카를로스는 대답 없이 손
을 움직였다. 그러자 백현과 사라를 둘러싸고 있던 고스트들
이 천천히 거리를 좁혀왔다.

"영화 같은 거 보면 주절주절 떠들면서 다 알려주던데."

백현은 한숨을 푹 내쉬며 중얼거렸다.

살짝 말해줄 것 같더니, 결국은 알 필요 없는 망상만 들었다. 그래, 그건 그냥 망상일 뿐이었다. 절대로 일어나지 않을 일이니까.

"······어?"

확 뜨거웠다가. 차가워졌다. 뭔지 모를 것에 살짝 밀려, 조금 휘청거렸다.

헤도르는 제대로 서려 했지만, 다리에 힘이 하나도 들어가지 않아 그 자리에 주저앉았다.

'뭐야?'

당황해 아래를 본 순간. 헤도르는 자신의 배에 커다란 구멍이 난 것을 그제야 알게 되었다. 등까지 깨끗하게 뚫린 구멍에는 피도 흐르지 않았다. 관통된 부분이 통째로 얼어버린 탓이었다.

"쟨 죽여도 되지?"

사라는 뻗은 손가락을 아래로 내리면서 백현을 쳐다보았다. 이미 해버린 주제에.

하지만 탓할 일은 아니었다. 어차피 이제는 헤도르 말고 이야기해 줄 놈들이 많았다.

"응."

그렇게 대답해 주었지만, 사라는 더 손을 쓰지 않았다. 어차피 저대로 둬도 죽을 수밖에 없다.

물론 바로 죽지는 않는다. 헤도르는 여기서 어떤 일이 벌어지는지 모두 보고 난 뒤에야 죽을 것이다.

"줄을 잘 서야지."

백현은 그렇게 중얼거리면서 카를로스를 쳐다보았다. 그놈도 갑자기 일어난 일에 어안이 벙벙한 얼굴이었다.

백현은 그 표정을 보면서 히죽 웃었다.

놈들이 내뿜던 살기가 사라졌다.

완전히 사라진 게 아니다. 놈들은 여전히 살기등등했으나, 그와 비교되지 않는 살기가 저들의 살기를 모조리 삼켜 버렸다. 사라였다.

"그러게, 됐다고 했잖아."

백현은 투덜거리면서 은사를 풀어냈다.

"어차피 일어나지도 않을 걸 떠들어서 뭐 해?"

"죽여!"

카를로스가 고함을 질렀다. 고스트들이 일제히 달려들었다.

백현은 다른 놈들을 무시하고 카를로스에게 다가갔다. 놈도 표정을 일그러뜨리고서 백현에게 덤벼들었다.

화아악!

카를로스의 손에서 시뻘건 불길이 뿜어졌다. 백현은 굳이 피하지 않고 걸어갔다.

손가락을 까딱 움직이자 덮치던 불길이 갈라지며 백현을 피해갔다. 쥐 잡는 데 소 잡는 칼을 쓸 필요까지 있을까만. 애석

하게도 백현이 가진 칼 중에 쥐 잡는 것에 쓸만한 조잡한 칼은 하나도 없었다.

불길을 뿜어대던 카를로스가 쾌속이 움직였다. 방금은 마법인가 싶었는데, 이번에는 체술이다. 조금 상대해 보면서 어떤 권능을 가지고 있나 파악해 볼까 했지만.

"말단이라더니."

어지간한 헌터보다 강하기는 하겠지만.

"일단 좀 맞고서, 협조할지 안 할지 생각해 봐."

덮쳐오는 카를로스를 향해 손가락을 튕겼다.

펵.

쏘아진 지탄이 카를로스의 사타구니를 뭉개 버렸다.

'아.'

선계에서 스승에게 듣고, 몸으로 겪었던 교훈이 떠올랐다.

"적한테는 괜찮다고 했으니까."

사타구니가 터진 카를로스는 눈을 까뒤집고 뒤로 넘어갔다.


일방적인 적의. 그에 몸을 맡긴 집행자는 잔혹했지만 무자비하지는 않았다.

사라는 백현과 약속한 대로, 상대를 죽이지는 않았다. 내장도 터뜨리지 않고, 몸에 구멍을 내지도 않았다. 그렇게 하고 싶다는 생각은 계속했지만, 하지 않았다.

그녀가 하는 일은 머나먼 과거에 대한 화풀이에 가까웠다. 본래 살았던 끔찍한 세상과, 끔찍한 일들. 전쟁이 끊이질 않고 사람과 사람이 서로 죽여대던 세상.

그런 세상에서 범죄와 마약은 흔해 빠진 것이었다. 그녀가 살았던 거리도 특히나 그런 질 나쁜 것들에 흠뻑 젖어 있었다.

멸망을 향해가는 세계에 도덕적 잣대는 존재하지 않았다. 힘 있는 자들은 어떻게든 더 삶을 영위하기 위해 끝없이 사람을 죽여댔다.

사교의 마녀에 대한 신앙은, 그녀로 인해 멸망한 세상임에도 전염병처럼 번져 나갔다. 그에 심취한 자들은 언젠가 마녀가 도래해 이 세상을 구제할 것이라 믿었다.

싫은 기억이다. 고스트도, 카르텔도, 팔로워도. 사라에게 싫은 기억을 떠올리게 만들었다. 쭉 외면했던 것들.

그녀가 살았던 대한민국 서울은 전쟁도 없고 학살도 없었다. 그래서 외면할 수 있었다. 예전의 세계에서는 외면하고 싶어도 외면할 수가 없었다. 당장 거리를 나가면 그 쓰레기 같은 풍경들이 펼쳐져 있었다.

완전히 똑같지 않다는 것은 알고 있다. 사정이 다르다. 이 세계는 멸망으로 향해가고 있지도 않았고, 살기 위해서 다른 사람을 죽인다는 극단적인 선택이 강요되지도 않는다.

고스트가 벌이는 범죄들은 결국 사적인 욕심 때문이다. 카르텔도 다를 것 없다.

관리국은 헌터에게 최소한의 통제를 가하지만, 고스트의 욕망은 그 최소한의 통제 속에서 이뤄질 수 없다.

그들은 몬스터를 잡아 돈을 버는 것보다 마약을 팔아 돈을 버는 것이 익숙했고, 정당한 거래보다는 폭력과 살인으로 빼앗는 것에 익숙한 놈들이다.

17차원 프로아에서 즐비했던 것과 이 세계에서 고스트들이 벌이는 일은 다르다. 달라야 했다.

"신."

떨리는 목소리로 뱉은 말이 사라의 피를 차갑게 만들었다.

백현은 그녀의 어깨가 떨리고 있다는 것을 알았다. 사라가 숨을 삼키는 소리가 백현에게는 천둥소리처럼 크게 들렸다.

백현은 손을 뻗어 사라의 손을 잡았다. 방금 전까지 냉기를 뿜어대서인지, 그녀의 손은 얼음장처럼 차가웠다.

"……신이다."

"아직 덜 맞았냐."

꿇어 앉히려 했지만, 다들 다리가 박살 나서 무릎을 꿇을 수가 없었다. 다리뿐만이 아니다. 백현과 사라에게 덤볐던 고스트들은 죄다 팔다리가 박살 났다. 특히 카를로스는 불알까지 터졌다. 그런데 아직 개소리하는 것을 보니, 제법 뚝심이 있는 모양이다.

저벅.

백현이 보란 듯이 발을 뻗으며 다가오자, 카를로스가 기겁하며 급히 내뱉었다.

"거, 거짓말이 아니다. 그게 신이 아니라면 대체 뭘 신이라고 한단 말이냐?!"

"다 좋은데, 그 억울하단 표정 좀 짓지 말아줄래? 얘기로 잘 끝낼 수도 있었는데 먼저 우리 죽이겠다고 군 건 너희잖아. 자꾸 그렇게 피해자인 척 굴면, 너희도 쟤처럼 된다?"

백현의 손이 헤도르를 가리켰다. 그는 가까운 곳에서 혀를 빼물고 죽어 널브러져 있었다.

헤도르를 본 카를로스의 눈이 파들거리며 떨렸다.

"신이 뭔데?"

사라가 내뱉었다. 손처럼 서늘한 목소리였다.

사라의 목소리를 들은 카를로스가 꿀꺽 침을 삼켰다. 그로서는 백현보다 사라가 더 무서웠다. 그녀의 손속이 백현보다 잔혹했기 때문이었다.

이야기의 시작은 꿈에서부터였다. 모두가 똑같았다. 저 열 명의 고스트들은 같은 꿈을 꾸었다.

사실 그건 꿈이라 하기엔 너무나도 뚜렷했다. 한 치 앞도 보이지 않는 어둠 속에서 헤매던 중, 그 속에서 자그마한 불빛을 보았다. 불빛은 다가가기 전에 먼저 그들에게 다가와서 크게 부풀었고.

"……뜻대로 하라는."

카를로스의 목소리가 떨렸다.

"그런 소리를…… 들었다."

"그게 전부야?"

"단순한 꿈이 아니었다. 잠에서 깨어났을 때, 나는, 아니, 우리는 우리에게 일어난 변화를 깨달을 수 있었다. 상태창을 띄워 보아도 우리에게는 더 이상 레벨과 계약한 군주의 이름이 보이지 않게 되었다."

"봐봐."

카를로스는 저항 없이 자신의 상태창을 띄워 백현에게 보여 주었다.

정말이었다. 놈의 상태창에는 이름 외에 아무것도 없었다. 그건 어떤 군주와도 계약하지 않은 백현의 상태창과 똑같았다.

"우리는…… 누가 먼저 말하지 않아도, '같은 꿈'을 꾼 상대를 알아볼 수 있었다."

본래 카를로스는 맥시코 고스트 카르텔인 세지오 패밀리의 말단으로, 카르텔 내에서 아무 두각도 보이지 못하던 놈이었다.

"어느 날. 우리는…… 말로는 잘 설명이 되지 않지만, '이끌림'을 느꼈다. 그게 꿈인지 아닌지는 잘 모르겠지만…… 우리는 '빛'을 본 어둠 속에서 모임을 가졌다."

"그래서?"

백현은 눈을 빛내며 물었다.

카를로스는 그 대목에서 잠시 머뭇거렸다. 이를 발설함으로써 맞이하게 될 후폭풍이 두려운 모양이었다.

백현은 헛웃음을 흘리며 말했다.

"지금 죽을래?"

"계, 계시자들."

가벼운 협박에 카를로스는 기겁하며 대답했다.

"모인 사람 중, 자신을 '계시자'라고 소개한 사람들이 있었다. 그들은 우리가 위대한 신의 선택을 받았다고 말하면서, 이 힘은 우리 마음대로 써도 되는 힘이라고 떠들었지."

거기서부터였다.

"계시자는 우리를 하나로 묶어 '팔로워'라고 말했다."

팔로워라는 하나의 집단이 된 순간. 그들은 당연하단 듯이 새로이 얻은 힘을 어찌 활용해야 할까 논의했다.

당연히 그 논의를 이끄는 것은 계시자들이었다.

팔로워 중 계시자들에게 불만을 느낀 자들은 아무도 없었다. 누가 말하지 않아도 서로를 알아보았듯이, 모두가 계시자들이 얼마나 강한지도 알고 있었다.

"……체프."

"뭔데 그게."

"세지오 패밀리에서 내 후배였던 분이다."

"후배였던 분은 또 뭐야."

"나도 안 할 허접한 일을 하는 놈이었는데, 어비스에서 죽었다는 이야기만 듣고…… 그러려니 했었지. 하지만 체프는 계시자가 되어 있었다."

가장 먼저 소속된 카르텔 내에서 반역을 일으키자고 의견이 모였다.

"거부하는 사람은 하나도 없었다. 거기 모인 팔로워 대부분은 소속된 카르텔과 길드 내에서 말단에, 대접받지 못하는 녀석들이었어."

평소에 받던 억압에 대한 복수를 할 수 있다는 기쁨.

"어렵지 않은 일이었다. 세지오 패밀리의 팔로워는 나와 체프를 포함해 스물이었는데, 우리는 반역을 일으킨 하루 만에 간부와 보스의 목을 딸 수 있었지."

"그다음은?"

"체프의 지배하에 조직이 재정비되었고, 그러면서 하나, 둘…… 팔로워가 늘어났다. 그 뒤에 나는 체프의 명령을 받고 콜롬비아로 왔지."

"뭐야. 써먹히고 버려진 거냐?"

"아니."

꼴같잖은 자존심인지. 카를로스가 눈을 부라렸다.

"네 명의 계시자 중, 체프는 콜롬비아의 야곱을 테베스를 견제하고 싶어 했다. 명목상 나는 체프가 보낸 지원병으로 테베스의 밑에 들어가, 그가 시키는 일을 처리했다."

"흠."

뭔가 조금 앞뒤가 안 맞는다.

"야. 너 아까는 우리를 일부러 끌어들인 거라고 했잖아."

"……그렇다."

"그건 체프가 시킨 일이냐, 네가 독단으로 벌인 일이냐, 아니면 테베스라는 놈이 시킨 일이냐?"

"……체프."

"네게 그 일을 시키고 테베스 밑으로 들어가라 했다는 거지?"

"그렇다."

"그리고 테베스는 그 사실을 아는 거고?"

"아니, 모른다. 체프는 이 일에 대해서 누구에게도 말하면 안 된다고 말했었다."

"에라이 병신아."

백현은 어이가 없어서 혀를 찼다.

"듣는 나도 알겠는데 네가 몰라? 딱 봐도 체프가 널 써서 테베스 뒤통수를 치려는 거잖아."

그 말에 카를로스의 입이 쩍 벌어졌다.

백현은 고개를 저으며 계속해서 말했다.

"봐봐. 만약 내가 여기 안 오고 다른, 어, 허접한 헌터가 왔다고 치자고. 아마 예비 사도가 아니면 너희 합공에 고생 좀 했을 거야."

"……."

"그리고 죽었겠지. 응? 그럼 너희는 아까 말했던 대로 죽인 헌터의 머리를 장식해 놨을 거고. 그 뒤에는? 관리국이 너희를 제대로 조져야겠다고 마음먹고 더 센 놈을 보냈겠지. 사도라던가."

"그…… 그래서?"

"그래서는 뭘 그래서야? 다 뒈지는 거지. 너희가 좀 세다고 해봐야 예비 사도 선에서 정리될 정도야. 아니, 그것도 필요 없겠다. 상위 랭커들이 손잡고 오면 다 죽을걸?"

계시자라는 놈들이 얼마나 강한지는 모르겠지만.

"체프라는 놈은 잘됐지. 자기는 별 고생도 안 하고 마음에 안 들던 테베스를 조질 수 있는 거니까. 아마 지금쯤이면 체프도 다 정리하고 멕시코를 떴을걸?"

"그, 그럴 리가……."

"그건 내가 알아보면 될 일이고. 결론은 이거지. 테베스는 여기서 이런 일이 벌어지는 줄도 모르고, 아직 콜롬비아에 있다는 거. 결국, 체프는 성공했어. 내가 여기 왔고, 너한테 이런 이야기를 들었으니까. 그러면 난 멕시코에 있는지 없는지도 모를 체프 대신에 콜롬비아 어딘가에 있을 테베스를 조지러 가게 되겠지."

똑같이 이용당했다는 소리다.

하지만 백현은 그다지 기분이 나쁘지는 않았다. 셰프가 그를 이용했건 말건, 백현은 여기에 온 목적을 달성한다. 콜롬비아의 팔로워는 계시자라는 테베스와 함께 몰살당할 것이다.

"그런데 참…… 배짱도 좋다. 너 아까는 사도가 오는 걸 바랐다고 했잖아. 그거나 말해봐. 왜 그런 말을 한 거야?"

그렇게 물어보았지만, 카를로스는 충격이 큰 탓인지 대답하지 않고 입술만 뻐끔거렸다.

백현은 혀를 차며 손끝을 튕겼다.

쏘아진 지탄이 카를로스의 혈도를 눌렀다. 그러자 카를로스가 눈을 까뒤집고 비명을 질렀다. 혈도를 점해 고통을 느끼지 못하고 있었는데, 백현이 그 혈도를 풀어버린 것이다.

"더 아프게 할 수도 있어."

말만 한 것은 아니었다. 백현은 그를 증명해 주듯 손끝을 한번 더 튕겼다.

퍼억!

카를로스의 어깨에 구멍이 났다.

"어어억!"

"이렇게."

다시 카를로스의 혈도를 점했다. 그는 식은땀을 줄줄 흘리며 바닥 누워 몸을 비틀었다.

"대답해."

"체, 체프가."

카를로스는 간신히 고개를 들어 그 이름을 다시 말했다.

"사도가…… 오면. '신'이, 우리에게도 계시를 내려줄 거라고 말했다."

"계시?"

"사도를…… 반드시 이길 수 있는……."

"나랑 싸울 때 그 계시라는 게 왔어?"

말문이 턱 막혔다. 백현은 다시 웃었다.

"아니면 체프가 반드시 그렇게 될 거라는 증명이라도 해줬어? 그 신이라는 놈이 체프의 말이 옳다고 나타나 줬어?"

"아, 아니……."

"너도 참 순진하다. 그래서 어떻게 고스트가 되고 카르텔에 들어간 거야? 아니면 그렇게 순진해서 말단이었던 건가?"

비웃으며 물어보았고, 카를로스는 대답하지 않았다. 온갖 감정이 뒤섞인 그의 얼굴을 보면서 백현은 혀를 찼다.

"너무 서운해하지는 마. 지금은 멕시코에 없겠지만, 나도 체프란 놈을 만나고 싶어졌어."

놈이 대가리를 굴려 테베스를 잡을 판을 깔았다지만. 놈의 계략은 듣자마자 알아차릴 정도로 허접하고 구멍투성이였다.

그런 놈이면 당장 멕시코에 없다고 해도 언젠가 꼬리가 밟힐 것이 틀림없다.

'사람을 부려먹었으면 대가를 줘야지.'

백현은 카를로스를 빤히 쳐다보았다.

"몇 가지 더 물어볼게. 콜롬비아 관리국장을 암살한 건 너냐? 아니면 테베스냐?"

"테, 테베스……."

단순히 콜롬비아의 마약 농장이 탐나서 벌인 일은 아닌 모양이다. 테베스가 너무 막 나가서 이렇게 처리하려는 건가?

"계시자는 네 명이라고 했지. 그중 네가 아는 건 체프랑 테베스뿐이야?"

"야, 야두."

대답한 것은 카를로스가 아니었다. 그의 곁에서 겁에 질려 있던 팔로워 하나가 급히 내뱉었다.

"쿠웨이트의 고스트 길드 소속이라고…… 그렇게 들었습니다."

"다른 놈은?"

마지막 질문에 대답하는 놈은 아무도 없었다. 하지만 이것만 해도 큰 성과였다.

멕시코의 체브. 콜롬비아의 테베스. 쿠웨이트의 야두. 이 셋을 쫓아 족치다 보면, 마지막 놈이 누군지도 알게 될 것이다.

"그 신이라는 놈."

입을 연 것은 사라였다.

그녀가 갑작스레 묻자, 백현도 놀라서 사라를 돌아보았다.

"놈이 너희한테 이렇게 하라고 시킨 거야?"

"시…… 신은 우리에게 뜻대로 하라는 말만……."

"그거 말고 너희에게 아무것도 안 시켰다는 거잖아. '이런 일'들은 신이 아니라 너희가 하고 싶어서 한 거야. 그렇지?"

카를로스는 대답하지 않았다. 사라는 거기서 아무것도 더 묻지 않았다.

백현은 잠시 그런 사라를 쳐다보다가, 고개를 돌렸다.

"……몇 가지 더 물어볼 게 남긴 했는데…… 사실상 이게 마지막 질문이야."

백현은 앉았던 몸을 일으켰다. 등 뒤에 있는 사라의 살기가 흉악하게 느껴졌다.

"테베스 어디 있어?"

누구 하나 바로 대답하지 않았다. 사라가 내뿜는 살기와 백현이 말한 '마지막 질문'이라는 것이 그들의 등골을 서늘하게 만들었다.

"그, 그걸 말해주면……."

"상황 파악이 아직도 안 돼?"

카를로스의 말이 끝나기도 전에, 백현은 보란 듯이 손을 앞으로 뻗었다.

"지금 너희가 협상할 입장이 아니잖아."

"제, 제가!"

'야두'의 이름을 말한 팔로워가 고함을 질렀다. 백현은 얇은 미소를 지으며 고개를 끄덕거렸다.

"그래."

펼쳐진 손이 접혀 모인다.

"그럼 됐어."

픽.

비명 대신에 그런 소리만 한 번, 동시에 울렸다.

백현은 더 보지 않고 몸을 돌렸다. 두 눈을 부릅뜬 사라와 눈이 마주쳤다.

"어으으…… 아아……."

이름도 모르는 팔로워가 겁에 질린 소리를 낸다.

백현은 아라크네를 쏘아 놈의 몸을 휘감았다. 그렇게 질질 끌며, 사라를 지나쳤다.

"가자."

"내가 죽이고 싶었어."

사라가 중얼거렸다.

백현은 사라를 돌아보지 않고, 그녀의 손을 잡아끌었다.

"뭐 하러 그래?"

강하게 잡아끄는 힘에 사라의 몸이 휘청거렸다. 기울어진

몸이 백현에게 기대지기 직전. 사라는 다리에 힘을 주어 제대
로 섰다.

"너보다 내가 더 잘하는데."

기분이 마냥 좋지는 않다. 어비스의 몬스터나, 권속이나, 군
주와 죽일 때와는 조금 다른 기분이다.

"콜롬비아 왔는데 커피는 마셔봐야지. 가자."

질질 끌리는 팔로워가 버둥거리며 비명을 질렀고, 사라는
백현의 손을 맞잡고서 고개를 푹 숙여 걸었다.

'그래도.'

백현은 기분이 뒤숭숭하고, 입맛이 없는 것을 느끼며 생각
했다.

'나도 아직은 사람인가 봐.'

같은 사람을 죽여서 이런 기분이 드는 걸 보면.

To Be Continued

# 밥만 먹고 레벨업

**박민규** 게임 판타지 장편소설
WISHBOOKS GAME FANTASY STORY

바사삭, 치킨, 새벽 1시에 먹는 라면!
그런데 먹기만 해도 생명이 위험하다고?

가상현실게임 아테네.
먹고 싶은 음식을 먹을 수 있는 유일한 방법!

[식신의 진가가 발동됩니다.]
[힘 1, 체력 1을 획득합니다.]

# 「밥만 먹고 레벨업」

"천년설삼으로 삼계탕 국물 내는 놈이 세상에 어디 있냐!"
"여기."

# 만 년 만에 귀환한 플레이어

**나비계곡** 퓨전 판타지 장편소설
WISHBOOKS FUSION FANTASY STORY

어느 날, 갑작스럽게 떨어진 지옥.
가진 것은 살고 싶다는 갈망과 포식의 권능뿐.

일천의 지옥부터 구천의 지옥까지.
수십만의 악마를 잡아먹고 일곱 대공마저 무릎 꿇렸다.

**"어째서 돌아가려 하십니까?"**
**"김치찌개가… 김치찌개가 먹고 싶다고."**

먹을 것도, 즐길 것도 없다.
있는 거라고는 황량한 대지와 끔찍한 악마뿐!

**"난 돌아갈 거야."**

# 「만 년 만에 귀환한 플레이어」